슬레이어즈 5
백은의 마수

드래곤 로드가 내뿜는
레이저 브레스 같은
은색 빛줄기—
그 한 줄기가
대지를 강타했다!!

수인(獸人)이 입고 있는
기묘한 플레이트 메일.
그 정체는 바로….

HAJIME KANZAKA 칸자카 하지메

일러스트 | 아라이즈미 루이

번역 | 김영종

목 차

1. 어떻게 하라는 거야?! 갑자기 이 사태를…

그것은 진부한 대사로 시작되었다.

"헷헷헷…. 목숨이 아까우면 가진 걸 다 내놓아라."

위세가 부족하다고 느꼈는지 복면을 뒤집어쓴 도적 한 명이 눈앞에서 롱 소드(Long Sword)를 내보였다.

후우….

동시에 한숨을 쉬는 세 사람.

"뭐… 뭐냐?! 그 반응은?!"

"이젠 지겹다는 뜻이야."

복면을 한 남자의 물음에 나는 될 대로 되라는 어조로 대답했다.

"원 참…. 인적이 드문 샛길이다 싶으면 너희 같은 도적들이 말 그대로 계속해서 쫄랑쫄랑 쫄랑쫄랑 튀어나오니!

큰길에서 도적질을 할 근성이 없다면 조용히 처박혀서 죽어지내라고!

이 가도에 들어선 이래, 너희들로… 세는 것도 잊었지만 오늘로 벌써 두 번째 도적단이야!"

"헷…. 이봐. 설마 '이미 동업자에게 모두 **빼앗겨서** 더 이상 **빼**

앗길 것도 없다'는 서툰 거짓말을 하려는 건 아니겠지?"

"너희들을 일일이 때려눕히는 것도 슬슬 귀찮아졌다고 말하는 거야."

"뭐?!"

내 말에 할 말을 잃는 남자.

"귀찮다면서… 잘도 상대해주고 있네…."

옆에서 작은 소리로 말꼬리를 잡은 것은 내 여행 길동무 중 한 명인 가우리.

장신에 금발의 미남자로 검 실력은 초일류. 하지만 머리는 해파리 수준.

"시끄럿! 이게 진짜 재미니까!"

나도 작은 소리로 중얼거렸다.

도적 괴롭히기.

아아…, 너무나 감미로운 어감♡

거만한 태도로 나오는 도적들을 압도적인 힘으로 가지고 놀다가 해치운다.

소굴을 덮치면 보물도 듬뿍. 악당도 해치우고 수입도 증대. 말 그대로 세상을 위하고 나를 위하는 일. 내가 생각해도 정말 근사한 취미이다.

물론 악당에게 인권 따윈 눈곱만큼도 없으니까 불평을 하려야 할 수가 없다.

—아, 미리 말해두지만 이 취미는 전사이자 마법사인 나, 리나

인버스의 실력이 있기에 가능한 것. 평범한 전사나 마법사가 이런 짓을 하고 다니다간 열흘도 지나지 않아 틀림없이 저세상행일 것이다.

모쪼록 어린이와 철없는 어른들은 따라 하지 말도록.

아무튼 도적 괴롭히기 중에서 무엇이 가장 즐거우냐 하면, 첫 번째가 빼앗은 보물 감정하기, 그리고 두 번째가 이 입씨름이다.

대개는 비슷한 소리밖에 늘어놓지 않지만 지방에 따라 조금씩 다른 특색이 있다든지, 가끔 기발한 대사를 하는 녀석이 있어서 꽤 재미있다.

내가 같은 반응을 보여도 여러 가지 다른 반응이 돌아온다든지.

뭐… 결말은 다들 똑같지만…,

자, 이 녀석들은 대체 어떤 반응을 보일까…?

"어쨌거나 너희들에게 줄 건 땡전 한푼도 없어."

"뭐… 뭐라고오오! 이게 고분고분하게 나오니까 기어오르고 있어!"

언제 고분고분하게 나왔는데? 언제?

"에잇! 이렇게 된 바엔 실력 행사다!"

"못 말리겠네…."

중얼거리며 나는 망토를 펄럭 젖혔고 가우리는 칼자루로 손을 뻗었다.

"이봐…."

복면을 한 남자 중 한 명이 꽤 얼빠진 소리를 냈다.

"저 녀석은 대체 뭘 하고 있는 거지?"

"뭐?"

남자가 눈으로 가리킨 방향을 돌아보니 그곳에는 또 한 사람의 길동무, 아멜리아의 모습이 있었다.

"보는 그대로야."

태연하게 대답하는 나.

"나무에… 올라가고 있는 것처럼 보이는데….."

"응."

"뭐 하러…?"

"곧 알 수 있을 거야. 우리는 우리끼리 이야기나 진척시키자고."

"뭐… 그렇게 말한다면… 어, 어쨌거나 이렇게 된 바엔 실력 행사로 가진 걸 모두 빼앗을 테다!"

그 순간.

"꼼짝 마라! 악당들!"

낭랑하게 울려 퍼지는 아멜리아의 목소리!

"아니?!"

"어디냐?!"

당황해서 주위를 둘러보는 도적들.

기본에 충실하다고 해야 할까…. 착실한 녀석들이다.

"저기다!"

그중 한 사람이 이윽고 어느 한 곳을 가리켰다.

그곳에는 나뭇가지 위에 우뚝 선 아멜리아의 모습.

그리고 시작되는 그녀의 연설!

"사람이 사는 곳에 빛과 어둠이 생겨나듯, 악이 있는 곳에는 정의가 있다! 마음의 어둠에 눈이 멀어 길을 잃은 사람들이여!"

거기까지 말하고 도적들을 척! 손가락으로 가리키더니,

"하늘을 대신해서 내가 심판하겠다. 백만 마디 변명을 늘어놓아도 이제 피할 수 없는 운명이라는 걸 알아라!"

—어려운 소리를 늘어놓고 있지만 요컨대 '내가 정의다. 사과해도 용서 안 한다'는 뜻이다.

"간다! 이얍!"

기합 소리를 내면서 나무에서 뛰어내려 아래쪽에 있는 수풀에 착지!

우직.

방금… 무언가 굉장한 소리가 난 것 같은 느낌이….

"이봐. 괜찮아?"

"걱정할 것 없어요!"

가우리의 말에 수풀 속에서 일어서… 어?

"잠깐, 아멜리아! 너, 목이 이상한 방향으로 꺾여 있어!"

"괜찮아요! 이 정도로 내 각오는 꺾이지 않으니까!"

말하고 나서 기운차게 손을 흔드는 그녀.

아니…. 내가 말한 건 각오의 문제가 아니고….

"왠지… 상대하지 않는 게 좋았을 것 같은데….”

다른 복면 남자가 중얼거렸다.

꽤 올바른 의견이지만 이미 엎질러진 물.

"각오해라! 악의 앞잡이들!"

라고 말하며 주문을 외우는 아멜리아.

이리하여….

싸움의 도화선에 불이 붙었다.

그리고….

싸움의 막은 허무하게 내려졌다.

까놓고 말해 나와 아멜리아가 공격주문 한 발씩만 날리면 이 정도 녀석들은 적도 아니다.

"저기….”

승리 자세를 취하는 나와 아멜리아의 뒤에서 미안한 듯 중얼거리는 가우리.

"그럼 이 경우, 내가 나설 차례는…?"

"그런 건 없어.”

딱 잘라 말하는 나.

지금은 가우리를 상대하고 있을 틈이 없었다. 꿈틀꿈틀 경련하고 있는 도적들을 협박해서 보물이 있는 곳을 털어놓게 하는 일대 이벤트가 남아 있었으니까.

"자, 그럼….”

가까운 곳에 쓰러져 있는 한 놈의 멱살을 잡고 자루에 구멍을 뚫은 것뿐인 복면을 벗겨냈다.

그 아래에서 드러난 것은… 뭐, 빈말로라도 잘생겼다고 할 수는 없지만 악당의 얼굴과도 거리가 먼, 비교적 평범한 남자의 얼굴. 어딜 보더라도 단순한 통행인 중 하나였다.

"이봐, 이봐! 일어나!"

머리를 여러 번 흔들자 남자는 이윽고 눈을 떴다.

"으… 음…? 우와아아앗?!"

도망치려고 필사적으로 발버둥을 쳐보지만 아까 입은 주문의 타격이 아직 충분히 남아 있는 듯 그저 꿈틀대는 것이 고작이었다.

"자, 잠깐! 살려줘! 목숨만은!"

"음훗훗훗훗…. 목숨이 아까우면 그동안 모아놓은 보물을 다 내놓으라고."

놈들이 했던 말을 그대로 해주었다.

"그… 그런, 말도 안 되! 너희들, 그러고도 인간이야?!"

어디서 나온 대사야? 그건.

뭐, 그런 대사를 태연히 지껄일 수 있으니까 악당 같은 걸 하고 있는 거겠지만….

"너 따위가 그런 소리를 할 권리는 없어! 어.쨌.거.나! 얼른 본거지나 털어놓으시지!"

"그쯤 해주지 않을래요? 미안하지만."

목소리는 다른 곳에서 들려왔다.

"누구야?!"

나 대신 아멜리아가 외치면서 돌아보았다.

그곳에는… 나무 그늘 아래 조용히 서 있는 한 여성.

"마… 마젠다 님!"

나에게 멱살을 잡힌 남자가 신음하듯 소리를 질렀다.

나이는 20세 남짓. 헐렁한 하얀 옷과 투명할 정도로 흰 피부. 그리고 선명할 만큼 붉은색을 띤 윤기 나는 긴 머리카락과 입술.

'절세의'가 붙을 정도의 미인이었지만, 느껴지는 인상은 마치 눈 덮인 산에서 먹는 빙수.

"제멋대로 행동하지 말라고 단단히 일렀는데 그 말을 안 들은 것 같군요."

"그, 그건… 베이 녀석이…."

"당신에게 이야기하는 게 아니에요."

무언가 말하려던 남자를 마젠다는 가볍게 제지하고,

"못난 녀석들이지만 그래도 제 동료예요. 그냥 한번 봐줄 순 없나요?"

"그 말을 듣고 '예'라고 대답할 거라 생각해?"

"아뇨."

내 말에 그녀는 선선히 고개를 저었다.

"그럼 이런 건 어떨까요? 지금부터 변변찮은 재주를 펼쳐 보일 텐데, 그게 맘에 들면 이 사람들을 풀어주세요."

말하고 나서 조용히 한 발 나섰다.

그 순간….

사삭!

아멜리아는 크게 뒤로 물러섰고 가우리는 칼자루에 손을 가져갔다.

나도 무의식중에 남자를 내팽개치고 주문을 외우기 시작했다.

―대체 이 녀석은…?

생각한 순간.

쏴아.

나뭇가지들이 격렬한 소리를 냈다.

갑자기 흩날리는 무수한 나뭇잎이 세 사람의 시야를 가렸다.

"큭?!"

기척을 느끼고 허공을 올려다보았다.

그곳에… 마젠다가 있었다.

붉은 입술이 웃는 형상으로 작게 일그러지더니 오른손이 작게 움직였다.

돌멩이?!

그녀가 던진 작은 무언가는 내가 아니라 내 주위를 노리고 있었다.

―결계술?!

곧장 나는 몸을 피해 옆으로 도약했다. 하지만….

파직!

"!"

약한 전기에 감전된 듯한 가벼운 저림이 전신에 일었다.

하지만 그것도 아주 잠시. 무슨 재주인지는 모르겠지만 어쨌거나 나는 내 할 일을 할 뿐!

"에르메키아 란스[烈閃愴]!"

완성된 주문을 그녀에게 쏘….

—어?!

한순간 머릿속이 새하얘졌다.

"아무래도 당신이 리더인 것 같으니 일단 당신부터요."

마젠다는 놀리는 듯한 어조로 말하고 다시 흩날리는 나뭇잎 저편으로 모습을 감추었다.

"마침 따분했으니까 재미 삼아 상대해드리죠.

저를 이기면 그 증상은 나을 테니까 생각이 있다면 마인 마을까지 오시길…."

말이 끝나자마자….

다시 쏴아 하는 소리를 내며 주위의 나뭇잎이 땅에 떨어졌다.

그 후엔 멍하니 서 있는 나와 아멜리아, 가우리만이 남았을 뿐.

대체 무엇을 어떻게 한 것인지 쓰러져 있는 남자들도 사라진 뒤였다.

—아니, 그런 것보다도….

으아아아아! 내가 생각해도 스스로 동요하고 있다는 걸 알 수 있었다! 설마….

"사라졌어요…."

아멜리아가 작게 중얼거렸다.

"괜찮아?! 리나?!"

검을 거두고 내 쪽으로 다가오는 가우리.

오는 도중 한순간 무언가에 발이 걸렸다.

"뭐야…? 이게…."

말하면서 그는 땅에 박혀 있는 그것을 유심히 들여다보았다.

실처럼 가늘고 긴 붉은 바늘 하나.

가우리는 대수롭지 않게 그것을 잡고 땅에서 뽑았다.

그 순간.

지금까지 바늘 같았던 그것은 추욱 늘어지며 한 올의 실처럼 변했다.

"머리카락일 거예요. 아마 방금 마젠다라고 한 여자의."

아멜리아가 말했다.

새삼 주위를 돌아보니 비슷한 것 네 개가 내 주위에 박혀 있었다.

가우리가 뽑은 한 가닥을 포함해서 정확히 나를 중심으로 그려진 오방성 형태.

─당했다.

마젠다가 노골적인 동작으로 던진 돌멩이는 페인트였던 것이다.

그것을 피했을 때, 내 마음속에 일순 생겨난 방심.

그 허를 찌른 그녀는 자신의 머리카락을 사용한 진짜 결계를….

아니, 그것보다 일단 확인하지 않으면 안 되는 것이….

"왜 그래? 리나."

묻는 가우리에게는 대답하지 않고 나는 주문을 외우기 시작했다. 그리고….

"라이팅(Lighting)!"

…….

"자… 잠깐! 리나!"

완전히 안색이 변한 아멜리아.

"뭐야? 뭐?"

아직 사태를 이해하지 못한 가우리.

나는 얼굴만 가우리 쪽으로 스르륵 돌리고 머릿속이 새하얘진 채로 진실을 밝혔다.

"나… 주문을… 못 쓰게 되어버렸어….."

아아아아아아아아아아아아아아아아아아아아아아아아아아아아아.

내 머릿속은 지금 오직 이 말 하나로 가득했다.

작은 마을의 작은 음식점.

그 후 일단 식사라도 하면서 이야기를 하기로 했는데 나는 혼란스러운 상태였기에 정식 2인분조차 제대로 먹지 못했다.

"하지만… 정말로 술법을 쓸 수 없게 된 거야?"

"아무래도 그런 것 같아요."

완전히 혼란에 빠진 나를 대신해 가우리의 물음에 답하는 아멜리아.

"쓸 수 없게 된 건 어쩔 수 없어요. 하지만 앞으로 어떻게 할지가 문제라고 생각해요."

"그건 그래…. 주문도 못 쓰는 리나 따윈…."

"단순한 식충이죠."

꿈틀.

"아니. 그 말은 좀 심해도, 어쨌거나 도움은 안 되는 게 큰소리만 치는…."

꿈틀꿈틀!

"하지만 그 대신 가슴은 작아요."

"덧붙여 말하자면 매력도…."

"시끄러워어어어어!"

무의식중에 절규하는 나.

"남은 실의에 빠져 있는데 얼씨구나 해서 하고 싶은 말은 다 하고 있어!"

"하지만… 안 그래…?"

가우리는 머리를 벅벅 긁으면서 아멜리아와 얼굴을 마주 보았다.

"화내면 안 돼요, 리나. 가우리랑 전 조금이라도 당신의 힘을 북돋워주려고 그러는 거니까."

"정말?"

도끼눈으로 두 사람을 쏘아보는 나에게 아멜리아는 살랑살랑 손을 흔들더니,

"거♡짓♡말♡"

"너.희.들!"

"자! 잠깐, 리나! 아멜리아의 목을 졸라봤자 아무런 해결이 안 돼! 그보다…! 어떻게 주문을 쓸 수 있게 할 방법은 없는 거야?!"

"그 마젠다인가 하는 여자를 해치우면 어떻게 될 거라고… 본인이 그러던데…."

나는 아멜리아의 목을 풀어주고 다시 얌전히 자리에 앉았다.

"그렇다면 이야기는 간단하잖아요."

고개를 끄덕이면서 말하는 아멜리아.

"그 말대로 그 사람을 해치우면 되잖아요? 상대는 어차피 악당의 친구, 악당의 친구는 모두 악당, 인정사정 봐줄 것 없어요."

뭐… 마젠다가 좋은 사람으로 보이지 않는 건 사실이지만….

"그런데 상대가 있는 곳은 알고 있는 거야?"

라고 묻는 가우리에게 나는 한숨을 쉬고,

"그 마젠다라는 여자가 말했잖아, 마인 마을에 있다고. 뭐… 네 성격상 듣지 않았겠지만…."

"나도 듣고는 있었어. 단지 기억을 못 할 뿐."

그래, 그래. 알았으니까 잘난 척하지 말라고.

"어쨌거나 갈 수밖에 없어요. 어차피 가야 할 길이기도 하고요."

아멜리아의 말에 나와 가우리는 동시에 고개를 끄덕였다.

"무어라고요오오오오오?!"

아멜리아가 지른 큰 소리에 한순간 가게 안이 물을 끼얹은 듯 조용해졌다.

세이룬에서 칼마트를 지나 딜스 왕국으로 이어지는 오래되고 낡은 샛길.

마인 마을에서 두 마을 앞에 있는 마을.

일단 여기까지 온 것까진 좋았지만 마인 마을은 마젠다의 본거지로 예상되는 바, 아무런 예비지식 없이 쳐들어가서 쉽게 이길 수 있을 거라곤 생각되지 않았다.

그래서 오늘은 일단 이 마을에서 묵기로 하고 사전 정보를 입수하기 위해 한 곳뿐인 식당에서 마인 마을에 대해 묻고 있었는데…….

가게에 있던 상인풍의 아저씨가 작게 중얼거리는 것이었다.

"그곳엔 가지 않는 게 좋아…"라고.

그래서 아멜리아가 이야기를 들으러 가서… 갑자기 소리를 지른 것이었다.

"자! 잠깐! 그렇게 큰 소리를 내면…."

당황한 나머지 주위를 둘러보면서 작은 소리로 말하는 아저씨.

"큰 소리 작은 소리 따질 때가 아니잖아요! 바로 옆 마을에서 그런 악행이 벌어지고 있다는 것을 알면서도 관아에 알리지도 않

고 모르는 척하고 있다니! 당신에겐 정의를 사랑하는 마음이 없나
요?"

"저… 정의를 사랑하는 마음이고 뭐고! 그래서 소문이라고 했
잖아! 소문! 증거도 없이 소문만으로 관리들에게 그런 소릴 해봤
자! 피 보는 건 결국 나라고!"

매우 일리 있는 의견이었지만 아멜리아는 논리로 설득될 만큼
제대로 된 인간이 아니었다.

"아뇨! 전 알 수 있어요!"

라고 말하면서 한쪽 발을 의자 위에 척! 올리고 오른쪽 주먹을
꽈악 움켜쥐더니,

"거대한 악의 음모가 어딘가에서 꿈틀대고 있는 것을!"

"또 시작되었구나."

통닭을 뜯으면서 차가운 말투로 말하는 가우리.

"하지만 아멜리아의 저 반응을 보니 아무래도 그 마인 마을이
라는 곳도 그리 정상적인 곳은 아닌 것 같아…."

"그렇겠지."

"뭐, 애당초 그 마젠다 같은 여자가 일부러 오라고 할 정도의 곳
이니…."

"아니. 그런 의미가 아니고 말야…."

"그럼 어떤 의미인데?"

"아니…. 그러니까…."

가우리는 뒷머리를 벅벅 긁으면서,

"지금까지 네가 관여했던 사건과 사람 중에 제대로 된 거라곤 없었잖아."

"쓸데없는 참견이야!"

그렇게 이야기를 하고 있는 사이에 이윽고 아멜리아가 돌아왔다.

"어땠어?"

묻는 나에게 그녀는 드물게 심각한 얼굴로,

"지금은 좀…. 방에 돌아가서 말할게요."

말하고 나서 묵묵히 식사를 재개했다.

"자, 그럼 아멜리아, 설명을 시작해봐."

식사 후.

아멜리아, 나, 가우리는 세 개가 연달아 이어진 방을 잡고 가운데 방에 모여서 회의를 시작했다.

여기에서라면 조금 언성을 높여도 누군가에게 들릴 우려는 적을 것이다.

"이건 어디까지나 소문인데요…."

아멜리아치곤 모호한 말투였다.

"마인 마을이라는 곳은… 어느 조직의 거점 같은 곳이라고 해요."

"그 여자가 이끌고 있는 도적단 말이지?"

지극히 단순한 의견을 말하는 가우리.

단지 그 정도의 이야기라면 아멜리아가 동요할 이유가 없었다.

그녀는 고개를 젓더니,

"어느 종교 단체예요…. 아마 그 마젠다라는 사람과 도적들도 그 일원이었겠죠."

"종교 단체…?"

눈살을 찌푸리고 중얼거리는 나에게 그녀는 작게 고개를 끄덕였다.

"예…. 식당에 있던 사람의 이야기로는… 샤브라니구두를 숭배하는…."

"샤! 샤브라니구두 숭배?!"

무의식중에 나는 소리를 질렀다.

루비 아이(붉은 눈의 마왕) 샤브라니구두.

이 세계의 모든 어둠을 지배한다고 일컬어지는 마족의 왕. 그리고….

"쉿! 목소리가 커요!"

"아, 응. 미안. 하지만… 아멜리아, 정말로 정말이야? 그 말."

"글쎄요…. 어디까지나 소문이라고 아까 그 사람은 말했는데……. 소문만으로 '샤브라니구두 숭배'라는 부분까지 이야기가 나올 수 있는 건지…."

으음….

"그래서?"

"그걸로 끝."

딱 잘라 말하는 그녀.

"그 사람이 알고 있었던 것은 마인 마을이 샤브라니구두 숭배의 거점이 되고 있는 듯하다는 것, 뒤로 여러 가지 좋지 않은 일들을 벌이고 있는 듯하다는 소문이 있다는 것뿐. 그 이상은 알지도 못하고, 알고 싶은 생각도 없다고 말했어요."

"으음…."

또 무언가 이야기가 복잡해질 것 같다.

"저기… 리나…."

그때까지 침묵을 지키고 있던 가우리가 물었다.

"아까부터 마음에 걸리는 게 있는데…."

"뭐?"

"그 '샤브니구라도'라는 게 뭐야?"

이봐….

"샤브라니구두예요, 가우리 씨."

아멜리아의 정정에 그는 뒷머리를 긁더니,

"아니. 어딘가에서 들은 기억이 있는 이름인데…. 왠지 글자 수가 많은 이름은 외우기가 힘들어서…."

"너 말야, 가우리!"

"뭐… 뭐야, 리나. 뭔가 불만이 있는 모양인데…."

"있어! 설마 너 정말로 샤브라니구두를 기억 못 한다고 말하는 건 아니겠지?!"

"아니… 그게…."

"'아니, 그게'가 아니야아아! 마왕이야. 마왕! 루비 아이!"

—잠시 사이를 두고 손을 탁 치는 가우리.

"오오. 맞다, 맞아. 기억난다. 기억나."

거짓말.

"하지만 샤브라니구두 숭배라면 대체 뭘 하는 거지? 설마 마왕을 초대해서 좌담회를 여는 건 아닐 테고…."

"그런 게 있다는 말을 들은 적은 있어요."

아멜리아가 말했다.

"뭐라더라, 마왕을 믿어서 물욕을 채우려고 하는 종교인데, 제물을 바치고 실력 행사를 하는 등 뭐든지 하는 사교라고 해요."

"흠…. 그렇다면 앞뒤가 맞긴 하네.

평소엔 평범한 마을 사람으로 살다가 교단에서 필요한 자금 모금을 위해 복면을 쓰고 도적단 행세를 하는….

하지만 만약 그렇다고 하면 그 조직 자체가 이번 상대인 셈이네."

"원하는 바예요!"

아멜리아는 주먹을 꾸욱 쥐더니,

"어둠에 눈이 멀어 도리를 잊은 사교 녀석들 따윈 몇 백 몇 천을 끌어 모아도 두려울 것 없어요! 정의가 있는 한, 승리는 반드시 우리에게 찾아올 거예요!"

"하지만… 리나가 술법을 쓰지 못하는 건 큰 타격이군."

"아… 그거 말인데."

나는 주문을 외웠다.

"라이팅(Lighting)!"

겹쳐진 손바닥 안이 잠시 흐릿하게 빛나더니…,

곧 후욱 하고 꺼졌다.

"방금 그건…?"

중얼거리는 아멜리아에게 나는 고개를 끄덕이고,

"아주 조금씩이지만 마법을 봉하고 있는 봉인이 약해지고 있는 것 같아.

그렇다곤 해도 아직 '라이팅'조차 이 정도니까 공격마법 같은 건 산들바람조차 일으키지 못하겠지."

"하지만 그 말은… 내버려두면 언젠가는 평소대로 회복한다는 말이 아닐까?"

묻는 가우리에게 나는 한숨을 한 번 쉬고,

"저기 말야…, 대체 회복될 때까지 몇 년을 기다릴줄 알고 그런 여유를 부리라는 거야! 그리고 이대로 내버려둔다고 해서 정말로 회복될 거라는 보장이 있는 것도 아니고…."

"뭐야…. 그럼 결국 술법을 못 쓴다는 말과 같잖아."

아니… 뭐… 그렇긴 하지만….

"어… 어쨌거나 일단은 사전 조사를 하는 거야. 옆 마을이나 어딘가를 거점으로 삼아 마인 마을 주위를 철저하게 조사해서 소문을 확인해보자…. 고생 좀 하겠구나, 가우리."

"거기서 어째서 내 이름이 나오는 거지?"

"바보. 우리들의 얼굴은 상대에게 알려져 있다고 봐야 할 거야. 그렇다면 조사는 오로지 밤에만 가능."

"그래서?"

"수면 부족은 미용의 적이라고."

내 말에 옆에서 아멜리아가 고개를 끄덕였다.

"이봐…."

"그런 이유로 탐사원은 가우리로 결.정!"

"잠깐 기다려어어어! 매일 밤 나 혼자 산속을 돌아다니며 조사해야 하는 거야?!"

"호오, 가우리치곤 눈치가 빠른데?"

"'호오'가 아니야! 매일 밤 그러다간 열흘도 지나지 않아 죽을 거야. 일방적으로 정하지 말라고!"

계속해서 물고 늘어지는 가우리에게 나는 머리를 긁적이다가,

"어쩔 수 없구나…. 알았어. 그렇게까지 말한다면 민주적으로 결정하자.

그거라면 불만 없겠지?"

"뭐, 그거라면."

내 말에 고개를 끄덕이는 가우리.

훗, 걸려들었다.

"그럼 다수결! 내가 아까 말한 의견에 찬성하는 사람, 손을 들어 보세요!"

주저 없이 손을 드는 나와 아멜리아.

"이걸로 결정. 열심히 해봐♡"

"너희들!"

"뭐야, 이제 와서. 아까 민주적으로 결정하면 괜찮다고 말했잖아."

"아니. 그러니까…."

"가우리 씨…."

아멜리아는 유감스러운 듯한 표정으로 그의 어깨를 툭툭 두드리더니,

"안됐지만 포기해주세요…. 이게 바로 민주주의니까."

단순한 다수의 폭력이야.

말꼬리를 잡고 싶어지는 심정이지만 눈물을 머금고 참았다.

그때!

"후… 후훗…. 푸하하하하!"

절망에 빠져 있을 줄 알았던 가우리가 여유 있는 웃음을 터뜨렸다.

"생각이 짧구나, 리나! 너의 계획에는 치명적인 결함이 하나 있어!"

"뭐… 뭐라고?!"

"나 한 사람을 보낸다 한들, 뭐가 수상하고 뭐가 아닌지 알지 못하는데 만족스러운 조사가 될 거라고 생각해?"

"아! 아뿔싸아아아아! 자… 자신의 특징을 자각하고 있다니! 무서운 가우리! 그렇게 보여도 조금씩은 성장하고 있었구나!"

"너 말야! 남의 머리를 누군가의 가슴처럼 말하지 말라고!"

"아⋯."

내가 반론을 하려고 한 바로 그때.

덜컹!

방문이 소리를 내며 열렸다.

"손님분들⋯. 제발 조금만 조용히 해주실 수 없습니까⋯?"라며 따지러 온 여관 주인에게 세 사람은 비굴하게 사과해야만 했다.

조사하러 나가는 순서는 결국 가위바위보로 결정했다고만 말해두겠다.

어둠 속에 일렁이는 무수한 횃불.

횃불에 비친 홀에 모인 수백 명의 복면인들.

"생각보다 규모가 크네⋯."

작은 소리로 중얼거리는 나.

마인 마을에서 조금 떨어진 산속, 숲 속 나무들에 둘러싸인 곳에 유적은 조용히 위치해 있었다.

시간의 흐름을 거스르지 못하고 지금은 폐허가 되긴 했지만 과거엔 투기장이었던 듯 둥근 건물의 중심을 에워싸는 형상으로 객석이 배치되어 있었다.

물론 그것도 이미 절반 이상이 무너져서 복면인들이 앉아 있는 곳은 오로지 아래쪽 자리뿐이었다.

우리 세 사람이 있는 곳은 위쪽, 투기장의 가장 바깥쪽이었다.

가장 심하게 무너진 곳 부근이므로 레비테이션[浮遊]이라도 쓰지 않는 한, 여기까지 올라오기란 불가능. 그 때문인지 이 근처에는 놈들의 감시도 없었다.

어둠과 폐허의 그늘에 가려져 있기에 그쪽에서 우리를 발견하기란 무리일 것이다.

아멜리아가 이 유적을 발견한 것은 어젯밤이었다. 그래서 오늘은 셋이 함께 와봤는데 마침 이 현장을 맞닥뜨리게 된 것이다.

"그리 대규모로 보이지는 않는데…?"

내 옆에서 가우리가 중얼거렸다.

"단순히 사람 수로만 생각하면 그렇겠지. 하지만 이렇게 외딴 장소에 이 정도 사람이 모인다는 건 인구 비례로 생각하면 대단한 거라고."

"그런 그렇고… 용서 못 하겠군요!"

가우리를 사이에 두고 중얼거리는 아멜리아.

"사교를 믿는 사람들이 이렇게나 많다니…. 이 땅에 정의라는 말은 없는 걸까요?!"

그런 이야기를 나누고 있는 사이에 이윽고 집회장에 변화가 일어났다.

끓어오르는 복면인들의 환성.

"누군가 왔어!"

보면 알 수 있는 것을 굳이 말하는 가우리.

투사가 입장하는 곳으로 보이는 투기장의 쪽문에 다섯 사람이 나타났다.

새빨간 망토와 로브. 칼날을 붉게 칠한 의식용 장검. 그중 한 사람만이 맨 얼굴을 드러내고 있었고 나머지 네 사람은 모두 망토와 같은 색깔의 복면을 쓰고 있었다.

그들이 쓰고 있는 복면은 다른 신자들과는 달리 제대로 된 것이긴 했지만.

맨 얼굴의 남자가 투기장의 중앙으로 나오자 나머지 네 사람은 대여섯 발짝 정도의 거리를 두고 남자의 사방, 즉 동서남북의 위치에 한 명씩 섰다.

"아… 다섯 명의 심복이로군요…."

쓸쓸한 말투로 중얼거리는 아멜리아.

아, 그러고 보니 정말.

"뭐야? 그게."

무슨 까닭인지 나에게 묻는 가우리.

"루비 아이 샤브라니구두가 만들어낸, 다섯 마리 고위 마족을 말해."

사실인지 전설인지는 모르겠지만.

나는 마음속으로 덧붙였다.

"네…. 저 다섯 사람은 각각 카오스 드래곤(마룡왕), 디프 시(해왕), 다이나스트(패왕), 그레이터 비스트(수왕).

그리고… 한복판에 있는 사람이 헬마스터(명왕), 각각에 해당해요."

친절하게 설명해주는 아멜리아.

아스트랄(정신세계)을 자유자재로 조종하며 다섯 마리 중 최강의 힘을 가지고 있다는 명왕 피브리조.

그렇다면 한가운데에 있는 사람이 교주인가?

굳이 표현하자면 빈약해 보이는 인상. 이를테면 먹고살기도 힘든 삼류 악당 마법사 같은 모습. 물론 카리스마 따윈 눈곱만큼도 없었다.

"여러분!"

그 남자가 별안간 소리를 질렀다.

의외로 또렷하고 꽤 걸걸한 목소리였다.

"실은 오늘 좋은 소식이 있다.

크로츠 님이 머지않아 돌아오신다!"

우오오오 하고 환희의 함성이 장내를 가득 채웠다.

분위기로 보건대 그 크로츠인가 하는 사람이 이 교단의 우두머리인 듯하다.

그렇다면 저곳에 있는 사람은 단순한 대리인 셈인가?

"게다가! 목적하던 물건을 멋지게 손에 넣으셨다고 한다!"

남자의 어조에 열기가 어렸고 함성은 더욱 커졌다.

"이제 우리들에게 적은 없다! 쉬피드(적룡신) 따위를 믿는 위선자들에게 깨우쳐주자! 진정한 힘이, 사람들이 바라는 것이 우리들에게 있다는 사실을!"

이봐, 이봐, 이봐!

나는 시선을 아멜리아 쪽으로 힐끔 돌렸다.

—다행이다. 언짢은 표정에 얼굴이 부어 있긴 하지만 아직 폭주하지는 않는다.

남자의 연설은 계속되었다.

"존재의 본질은 모순. 다시 말해 악. 그것을 인정하려 하지 않고 …."

그때.

느닷없이 불쑥 일어서는 아멜리아.

이봐…?

"버스트 론도[爆煙舞]!"

그녀의 주위에 만들어진 십여 개의 빛의 구슬이 일제히 집회장으로 쏟아졌다.

콰과과과과광!

"쿠에에에엑!"

"우아아아악!"

일어나는 불길과 비명.

"히이이이익!"

나도 모르게 머리를 감싸 쥐는 나.

이런! 아까는 혼자 부어 있던 게 아니라 공격주문을 외우고 있

던 거였어!

폭주할 거면 폭주한다고 미리 한마디 해줄 것이지!

어쨌거나 방금 주문은 파이어 볼[火炎球]을 동시에 여러 개 발사하는 거라고 생각하면 되는데 위력 면에선 상당히 떨어진다. 정통으로 맞는다고 해도 끽해야 전신 화상 정도일 것이다.

겉보기엔 화려하지만 위력이 없는 주문.

그건 분명 그들에 대한 아멜리아의 선전 포고였다.

"저… 저기다!"

"누군가 있다! 보초는 뭘 하고 있었던 거냐?!"

놈들이 우리들의 존재를 깨달은 순간….

"라이팅!"

아멜리아가 자신의 머리 위에 조명을 띄웠다.

"잘 들어라! 어둠을 숭배하는 자들아!"

낭랑하게 노래하듯 외치는 아멜리아.

"아무리 기만을 늘어놓는다 해도 진정한 진리는 오직 하나! 비록 한 줄기라 해도 마음속에 빛이 있다면 자신이 선택한 길이 과연 옳은지 다시 한번 생각해서 선택해라. 자기 자신의 의지로!"

꽤 멋진 대사였지만 그런 설득이 통할 만한 상대라면 처음부터 이런 수상한 종교에 몸담지는 않았을 것이다.

"해치워라!"

거봐.

아까 그 인상이 빈약하던 남자가 한마디 하자 우글우글 이쪽으로 다가오는 '신자'들.

내버려둬도 걸어서 이곳까지 오지는 못할 테지만 여기서 잠자코 지켜보고 있을 수만도 없었다.

"아멜리아, 가우리. 오늘은 일단 퇴각하자!"

"왜요?! 여기서 단숨에 승부를 걸어서…."

"위치상 우리가 불리해!"

아멜리아의 말을 끊고 말했다.

"만약 적 중에 공격마법을 쓸 수 있는 누군가가 공격하면 어쩔 거야?! 네가 다른 주문을 외우고 있는 틈에!"

"하… 하지만… 악당에게 등을 보이는 건…."

"일단은 굴욕을 참고 물러났다가 기회를 보아 반격해서 역전하는 것! 그것이 정의의 사도가 걸어야 할 왕도야!"

"아하! 그도 그렇군요!"

대답이 끝나기 무섭게 주문을 외우기 시작하는 아멜리아.

다루기 쉬운 성격이다….

"레비테이션!"

아멜리아의 주문이 세 사람을 공중으로 들어 올렸다.

"마법이다!"

"놓치지 마라! 바깥쪽이다!"

제각각 떠드는 복면인들.

"서둘러! 아멜리아!"

"알고 있어요!"

쓸데없이 조바심을 내는 가우리.

이 레비테이션이라는 술법은 운반 능력은 대단하지만 유감스럽게도 속도가 떨어진다.

거북이… 까지는 아니지만 전속력으로 이동해도 성인 남자가 보통 속도로 걷는 것보다 조금 빠른 정도였다.

세 사람이 겨우 착지했을 땐 꽤 뒤쪽이긴 해도 이미 추적자들의 모습이 보였다.

"숲 속으로!"

말이 끝나자마자 다짜고짜 뛰어나가는 아멜리아. 얌전히 따라가는 나와 가우리.

"찾았다!"니 "저기다!"니 진부한 대사를 토해내며 추격하는 복면인들.

뭐, 이 상황에서 참신한 대사를 읊는다고 해서 특별히 달라질 건 없지만….

아멜리아는 길에서 벗어나 나무 사이를 누비며 달렸다.

"두 사람 모두 손을!"

그녀가 뻗은 손을 나와 가우리가 움켜잡았다.

곧 주문을 외우는 아멜리아.

―이 주문은?!

"다크 미스트[黑霧炎]!"

주문과 함께 주위 일대는 말 그대로 어둠에 휩싸였다.

이 술법 속에서는 시야가 완전히 제로. 안에서 바깥쪽을 볼 수도 없지만 바깥에서 안쪽도 마찬가지.

전에 나를 노리던 어느 암살자가 특기로 하던 술법이었는데….

"언제 배운 거야?! 아멜리아!"

"꽤 쓸 만한 기술인 것 같아서 몰래 연습했어요."

"크흑. 눈물 나는 노력이구나. 가우리 너도 좀 보고 배워!"

"저기 말야…."

"저쪽이다! 소리가 들렸어!"

무언가 말하려던 가우리의 말허리를 차단하고 들려오는 추적자들의 목소리. 황급히 입을 막는 우리들.

"이쪽이다! 분명 방금 이쪽에서 소리가… 우아악?!"

"무슨 일이야?! 뭐야?! 이 수상한 검은 물체는?!"

다크 미스트의 술법은 시야를 완전히 차단하기는 하지만 바깥쪽에서 횃불 같은 걸로 비추어 보면 검고 거대한 덩어리로밖에 보이지 않는다. 분명히 말해 수상하다.

"안쪽은?! 글렀어! 새카매서 아무것도 보이지 않아! 이건 뭔가 술법을 쓴 거다!"

"에잇! 누가 마젠다 님을 불러와라!"

"분명 신전 쪽에…."

이리하여.

미끼로 쓴 다크 미스트로 인해 추적자들의 발이 묶여 있는 틈에 우리들은 무사히 그곳을 빠져나올 수 있었다.

"이봐, 리나. 대체 어디까지 도망칠 생각이야?"

가우리가 그렇게 물은 것은 마인 마을에서 두 번째 마을을 지나쳤을 무렵이었다.

"그래요오오… 벌써 점심때가 다 되었다고요오… 어디에서 좀 쉬자고요오오….”

지친 목소리로 중얼거리듯 말하는 아멜리아. 눈 밑은 이미 거뭇거뭇해져 있었다.

그 후로 지금까지 계속 걸었던 것이다.

"그건 그래…. 일단… 다음 마을에서 쉬자….”

이렇게 말하는 나도 꽤 지쳐 있었다. 태연한 얼굴로 걷는 것은 가우리 정도뿐.

일단 적과의 거리를 최대한 벌려놓아야만 했다.

물론 숲에서 노숙하는 것이 가장 안전한 방법이었지만 ‘노숙은 싫다’는 나와 아멜리아의 의견으로 그 안은 기각되었다.

"그건 그렇고 리나, 도망친 것까진 좋은데 무슨 뾰족한 수라도 있나요? 반격 작전에….”

"그냥 그대로 놈들을 해치우는 게 좋지 않았을까? 그랬다면 한 번에 일이 마무리되었을 텐데.”

너무나 단순한 의견을 내놓는 가우리에게 아멜리아도 깊이 수긍했다.

아무래도 수면 부족이 아멜리아의 사고 능력에 영향을 미치고 있는 모양이다.

"그런 집회소 하나 없앤다고 해서 어떻게 될 문제가 아니잖아. 교수인지 뭔지 하는 녀석도 없다고 하고."

"거기가 본거지가 아닌 거야?!"

"너 말야… 가우리…. 세상에 그렇게 눈에 잘 띄는 본거지가 어디 있어?! 아무리 숲으로 감추어놓았다고 해도 조금만 산을 타고 들어가면 바로 발견될 만한 장소라고. 그리고 추적자 중 한 사람이 말했잖아, '마젠다 님은 신전 쪽에 있다'고."

"그런 소릴 했었나?"

"했어! 아멜리아가 공격했을 때 마젠다는 모습을 드러내지 않았어. 다시 말해 그녀는 그곳에 없었던 거야. 그렇다면 생각할 수 있는 것은 그 집회소 말고 '신전'이라 불리는 장소가 있다는 거지. 즉…."

"그곳이 본거지인 건가?"

"그래. 그리고 앞으로의 작전 말인데, 일단 마젠다를 해치우고 내 마력을 회복시키는 게 우선이야. 듣고 있어? 가우리?"

"어? 아니…."

역시 듣고 있지 않았군….

"너 말야, 가우리…."

"잠깐만. 아멜리아가…."

"아멜리아가?"

그 말을 듣고 나는 그녀 쪽을… 어?

어느 틈에 걸음을 멈추었는지 아멜리아는 꽤 뒤쪽에 멍청히 서 있었다.

가우리는 성큼성큼 그녀 쪽으로 다가가더니,

"괜찮아. 선 채로 자고 있을 뿐이니까."

이봐, 이봐.

"어지간히 졸렸던 모양이야…. 이대로 잠시 내버려두자."

"너 말야! 이런 곳에 내버려두면 어떡해! 으이구…. 아멜리아! 아멜리아!"

내가 여러 번 어깨를 흔들자 그제야 그녀는 눈을 떴다.

"아… 리나 씨…."

"밤샘에는 약한 모양이구나, 아멜리아."

"예…. 아무래도… 뭐랄까… 쿨…."

그러니까….

"어쩔 수 없지…. 이렇게 된 이상, 가우리 네가 아멜리아를 업고…."

"쿨쿨."

"크아아아! 자는 척하지 마! 참 나…. 지금 그럴 판국이 아닌데 말야…."

"그래. 그럴 판국이 아닌 것 같아."

갑자기 진지한 얼굴로 돌아와서 말하는 가우리.

이미 오른손에 검을 뽑아 들고 있었다.

얼마 후에 나도 그제야 그 기척을 탐지했다.

—아무래도 나도 생각보다 지쳐 있는 모양이다.

"적?"

기척을 느끼고 아멜리아도 그제야 눈을 떴다.

부스럭.

주위 나무들이 술렁거렸다.

"리나, 잘 들어."

작은 소리로 말하는 가우리.

"아멜리아와 함께 도망쳐. 이곳은 내가 맡을 테니까."

"자! 잠깐! 가우리! 뭐야! 갑자기!"

"아무래도 보통 상대가 아닌 것 같아…. 넌 주문을 쓰지 못하고 아멜리아도 저런 상태니까. 나 혼자라면 어떻게 해볼 수 있겠지만 …."

"호오, 감이 꽤 좋군."

목소리는 나무들 사이에서 들려왔다.

다소 높고 날카로운 남자 목소리.

시선을 돌려 쳐다보아도 그곳에는 아무도 보이지 않았다.

"악당이면 악당답게 얼른 나오시지!"

아멜리아의 말을 '목소리'는 가볍게 무시하더니,

"우리들이 자리에 없었다곤 해도 시비를 걸어오다니 꽤나 대담하더군. 하지만 불쌍하게 됐어. 너희들이 집회를 엉망으로 만든 직후에 우리들이 돌아왔으니까.

뭐, 어찌 됐든 너희들이 죽는 것에는 변함이 없겠지만. 크흐흐흣."

"길파, 말이 많다."

또 하나의 목소리는 모습과 함께 나타났다.

한 마리의 수인이었다.

인상이 도마뱀인간과 비슷했지만 자잘한 부분이 꽤 달랐다. 등에 꽤 큰 혹이 있는 걸로 보아 흑와사(黑渦蛇)와 인간의 합성이리라.

키는 가우리보다 머리 하나 정도는 컸고, 한 손에는 그레이트 소드를 들고 있었다.

"크흐흐흐흐, 그렇게 고지식한 소리 좀 하지 마, 베두르. 난 지금부터 내가 죽일 사람이 어떤 녀석인지 알고 싶을 뿐이니까."

"무의미하군. 쫓아가서 죽이는 것이 우리에게 부여된 사명이니까 그것만 완수하면 된다."

말하면서 베두르는 느릿하게 걸어왔다.

그런데―

가우리는 검을 칼집에 넣고 품속에서 바늘을 꺼냈다.

처음부터 쓸 생각이야?! 빛의 검!

빛의 검―

일찍이 마법 도시라는 이름을 자랑하던 사일라그를 파괴했던 마수 자나파.

그것을 무찌른 것이 바로 이 전설의 무기였다.

사용자의 의지의 힘을 칼날로 바꾸어 마족조차 베어버리는 검.

전혀 그렇게 보이지는 않지만 이 가우리가 바로 빛의 검의 계승

자이기도 한데….

느닷없이 이런 물건을 **빼** 드는 것을 보건대 아무래도 이 2인조는 상당히 강력한 상대인 모양이다.

"조심해! 리나! 아멜리아!"

베두르에게서 시선을 떼지 않고 말하는 가우리.

"한 사람이 더 있어! 방심하지 마."

뭐…?!

"호오, 대단하군. 들었어? 베두르. 이 녀석, 그로우즈가 숨어 있다는 걸 눈치챘어."

너무나 가벼운 길파의 어조. 그 목소리가 들려온 것은 베두르가 서 있는 장소였다.

하지만 오후의 햇살을 받고 서 있는 것은 베두르 한 사람.

—복화술을 쓰는 것은 아닐 테고, 그렇다면 길파는 대체 어디에?

한 발짝 내디딘 베두르의 전신에서 힘이 용솟음쳤다.

그 순간.

"플레어 애로!"

어느 틈에 주문을 외웠는지 갑자기 아멜리아가 공격을 가했다.

콰콰콰광!

완전히 허를 찔린 듯 그중 몇 발이 베두르의 몸에 명중했다!

하지만! 명중했다고 생각한 그 순간, 베두르는 가우리를 향해 질주하고 있었다!

"빛이여!"

가우리가 외쳤다!

교차하면서 뽑은 빛의 검이 그레이트 소드와 함께 베두르의 몸을 두 동강 내었다.

―처럼 보였다.

"칫!"

하지만 작게 소리를 지르고 뒤쪽으로 물러선 것은 가우리 쪽.

아이너 서펀트 비늘로 만들어진 가슴 갑주가 크게 찢겨 있었다.

"호오! 저것 좀 봐, 베두르! 빛의 검이야! 실력은 어떨지 모르겠지만 무기만 따지면 네 검은 상대도 안 돼. 내 '그림자'까지 베어버릴 수 있는 물건이니까!"

분위기에 어울리지 않는 쾌활한 길파의 목소리가 울려 퍼졌다.

그랬다.

가우리가 빛의 검을 뽑은 순간, 땅에 드리워 있던 베두르의 그림자에서 여러 가닥의 검은 칼날이 뻗어 나와 가우리를 공격했다.

그가 몸을 빼면서 빛의 검으로 그림자 칼을 베어낸 순간, 베두르의 그레이트 소드가 갑주를 얇게 베었던 것이다.

"하지만 저 녀석들도 계산 외였던 모양이군…. 미안하지만 그 정도 주문이라면 베두르에겐 통하지 않아. 원래부터 그런 몸이니까."

이 녀석…, 레서 데몬급의 내마(耐魔) 능력이라도 있는 건가?!

―솔직히 말하면 예전에 비슷한 능력을 가진 수인과 한 번 겨

뭐본 적이 있긴 한데….

"닥쳐."

길파의 수다를 꾸짖는 수인.

"이봐, 이봐, 너무 그러지 말라고, 베두르. 내가 방금 '그림자'를 쓰지 않았다면 지금쯤 너의 검은 쓸모없는 물건이 되었을 거야…. 검만으로 끝났을지도 의문이고."

길파는… 섀도 마스터(그림자 술사)인가?!

"그렇다고 네가 잘난 척할 이유는 없어."

"그야 그렇지만…."

영문을 알 수 없는 대화를 나누면서 다시 슬금슬금 가우리와 거리를 좁히는 베두르.

하지만 아무리 섀도 마스터라고 해도 타인의 그림자를 통해 대화를 나누는 것이 과연 가능할지….

"그림자예요! 가우리 씨!"

"알았어!"

아멜리아의 말에 호응해서 질주하는 가우리.

가우리의 '빛의 검'이 대지에 드리운 베두르의 그림자를 꿰뚫었다!

그게 아냐!

위에서 베어오는 베두르의 검을 가우리는 칼을 거두면서 막아냈다. 빛의 검이 너무나 간단하게 베두르의 그레이트 소드를 베어버렸다!

하지만 그 순간,

수인의 왼쪽 주먹이 가우리의 배를 그대로 강타했다!

"크윽!"

"가우리!"

뒤쪽으로 날아가는 가우리를 따라 달려드는 베두르. 하지만 가우리는 곧장 태세를 바로잡고 다시 빛의 검으로 자세를 취했다.

이번엔 베두르 쪽이 크게 물러섰다. 이미 그의 검은 쓸모없어지고 만 상태였다.

"이런, 이런…. 부주의했군, 베두르. 이렇게 된 바엔 그로우즈의 힘을 빌릴 수밖에 없겠어…."

"어쩔 수 없지."

길파의 말에 씁쓸한 어조로 고개를 끄덕이는 수인.

"잘못 짚었나?"

무의식중에 중얼거리는 아멜리아.

아마 그녀는 베두르의 그림자가 길파의 본체라고 생각한 모양인데….

"리나! 아멜리아! 도망쳐! 나 혼자서라면 어떻게든 되니까!"

입가에서 한 줄기 피를 흘리며 외치듯 말하는 가우리.

"하지만!"

"입술이 찢어졌을 뿐이야! 됐으니까 가!"

"알았어…."

나는 겨우 그 말만을 짜냈다.

"리나 씨?!"

"우리들이 있어봤자 도움이 안 돼! 이래선 주문으로 지원하는 것도 불가능하고, 게다가 나는… 나는 단순한 짐에 불과해!"

―그 말 그대로였다.

주문이 봉인된 지금, 내가 할 수 있는 일이라면 짐이 되지 않는 것이 고작….

"리나 씨…."

"가우리! 갈게!"

"그래! 잘 가! 또 만나자고! 아멜리아! 리나를 부탁해!"

말하고 나서 가우리는 베두르를 향해 자신만만한 미소를 보였다.

"자…… 그럼 계속해볼까? 내친김에 다른 한 사람도 불러보라고."

"좋아! 나와라! 그로우즈!"

베두르의 목소리와 함께 무언가가 숲 속에서 뛰쳐나왔다!

―나와 아멜리아가 목격한 것은 거기까지였다….

"리나 씨…."

"……."

나와 아멜리아 두 사람은 나무 사이를 헤치며 나아가고 있었다.

그 후 얼마 동안 가도를 달리다가 도중에 숲 속으로 접어들었던 것이다.

가우리 한 사람을 남기고….

"리나 씨?"

"아… 응, 미안해. 조금 머리가 복잡해서…."

소리 죽여 대답하는 나.

"어쨌거나… 어떡해야 좋을지 생각해야…."

어쨌거나 그 마젠다인가 하는 여자를 해치우고 내 주문을 부활시키지 않으면 이야기가 되지 않는데….

그녀는 주문이 없는 내가 쓰러뜨릴 수 있는 상대로는 보이지 않았고, 아멜리아가 싸운다 해도 나와 같은 꼴이 될 우려가 컸다.

마젠다와 싸울 경우, 도움이 될 만한 것은 가우리 뿐인데….

"어쨌거나… 어쨌거나 잠시 몸을 숨기고 있다가 틈을 봐서 가우리를 찾자. 분명 무사할 테니까 합류하는 게 우선이야."

"미안하지만 그렇게 많은 시간은 줄 수 없군."

들은 기억이 있는 목소리가 앞쪽에서 들려왔다.

"큭…!"

나는 입술을 깨물었다.

붉은색 로브와 망토.

그리 강렬한 인상은 아니지만 실력까지는 알 수 없는 법.

어젯밤 집회소에서 연설을 하던 그 남자.

"이래 봬도 나, 발그몬은 조직의 2인자거든…. 교주가 자리를 비운 틈에 그런 일이 일어났으니 면목이 없지…. 무슨 일이 있어도 너희들을 해치우고 명예를 회복하고 싶다."

조… 조직의 2인자…?

아무래도 종교 단체로서의 자각은 눈곱만큼도 없는 모양이다.

"미안하지만… 그 바람에는 부응할 수 없어…."

허리의 쇼트 소드를 뽑아 들고 말하는 나.

이래 봬도 나는 검도 웬만큼 잘 쓴다. 마을 불량배 네댓 명 정도라면 검만으로도 해치울 수 있을 정도의 자신도 있고.

—어디까지나 낙관적 희망이지만 이 녀석의 전투력이 평범한 마법사 수준이라면 하기 나름에 따라 검술만으로 해치울 수도 있을 것이다….

에잇! 어쨌거나 해볼 수밖에!

"아멜리아! 원호를 부탁해!"

한마디 외치고 남자를 향해 달려가는 나. 뒤쪽에서 들려오는 그녀의 주문.

—아항, 그 작전인가?

"훗! 덤벼라!"

말하고 나서 주문을 외우기 시작하는 발그몬.

뒤쪽에서 아멜리아가 주문을 발사했다.

"각오해라!"

소리를 지르고 나는 발그몬의 앞에서 갑자기 옆으로 도약했다!

그 순간.

주위가 하얀색 빛에 휩싸였다!

"크윽!"

눈에 충격을 받고 비명을 지르는 발그몬.

아멜리아는 그의 위치에선 보이지 않도록 내 등을 향해 광량 최대, 지속 시간 제로의 '라이팅'을 쏘았다. 나는 그것을 간파하고 그의 바로 앞에서 옆으로 피했던 것이다.

라이팅이 작렬한 순간, 당연히 나는 두 눈을 꼭 감았다.

―좋았어!

빛이 사라진 순간, 나는 발그몬을 향해 달려들었다!

잡았다!

하지만 내가 생각해도 최고에 가까운 타이밍에 휘두른 쇼트 소드는 허무하게 허공을 갈랐다.

"아니?!"

눈이 안 보이는 것으로 보였던 발그몬이 너무나 쉽게 피했던 것이다.

황급히 나는 추격에 나섰다.

마치 보이기라도 하는 듯 나와 거리를 벌리면서 주문을 외우는 발그몬.

―혹시 눈이 안 보이는 흉내만 냈던 건가?

하지만 그렇다면 이쪽의 허점을 찔러 공격해도 되었을 텐데….

"리나 씨!"

아멜리아의 목소리가 들린 그 순간, 머리 위에서 느껴지는 살기!

"큭!"

옆으로 도약한 순간, 내 머리 바로 오른쪽을 은색 빛이 스쳤다.

도망치는 것이 조금이라도 늦었다면 머리가 수박처럼 쪼개질 뻔했다.

"한 사람 더 있었어?!"

황급히 나는 거리를 벌렸다.

"칫, 죽이지 못했군."

롱 소드를 한 손에 들고 서 있는 것은 한 명의 수인이었다.

워울프(늑대인간)와 비슷해 보였지만 자잘한 특징이 꽤 달랐다. 아마 여러 가지 종류가 뒤섞여 있는 것이리라.

"펠티스냐? 쓸데없는 참견을."

다시 주문을 중단하고 허세를 부리는 발그몬.

"눈은 이제 괜찮습니까?"

"음, 겨우 흐릿하게 보이기 시작했군."

말하면서 수인은 조금씩 나와 거리를 좁혔고 거꾸로 발그몬은 뒤쪽으로 물러섰다.

"에잇! 아멜리아! 이렇게 된 이상, 인정사정 볼 것 없어!"

"알겠어요!"

내 말에 부응해서 그녀는 다시 주문을 외우기 시작했다.

이렇게 된 이상, 큰 기술 하나로 승부다!

하지만 그 순간, 이번엔 갑자기 발그몬이 아멜리아를 향해 질주했다!

역시 눈이 안 보이는 흉내만 냈던 건가?!

"아멜리아!"

도우러 가려고 해도 수인의 방해로 불가능했다.

이제는 아멜리아가 근성을 갖고 최선을 다해주길 바라는 수밖에 없었다.

외우던 주문을 중단하고 싸울 자세를 취하는 아멜리아.

"걱정 마세요! 리나 씨! 악당 한두 명쯤! 정의의 힘으로…… 우욱!"

발그몬의 무릎차기에 명치를 얻어맞고 느닷없이 기절하는 그녀.

―그… 근성이 부족해애애애애! 바보오오오오!

"꼼짝 마라!"

그녀를 뒤쪽에서 안아 들고 소리치는 발그몬.

어떻게 하라는 거야…? 이 상황에서….

"어리석긴."

일단 허세를 부려보기로 했다.

"내가 지금 너희들의 말을 따른다고 해도 결국 두 사람 모두 죽일 생각이잖아…. 그걸 알면서도 내가 얌전히 너희들 말을 들을 거라 생각해?"

내 말에 발그몬은 끈적끈적한 미소를 짓더니,

"아, 잠깐. 그럼 선택의 여지를 하나 늘려주지. 그전에 묻겠는데, 마젠다가 술법을 봉한 마법사가 너냐?"

"그래…."

거머쥔 검을 내려놓지 않은 채 대답하는 나.

"그럼 또 하나. 이 여자가 널 '리나'라고 부르던데, 네가 그 리나 인버스냐?"

"아마 그 리나 인버스가 맞을 거야…."

될 대로 되라는 어조로 대답하는 나.

자랑하고 있을 판국이 아니지만 이래 봬도 나의 이름값은 꽤 높다. 다 평소의 행실이 올바른 덕분이다.

검사이자 천재 마법사! 악을 무찌르고 약자를 돕는 미소녀 전사! 세간에 화제가 되지 않을 리 없다!

아아! 결국 자랑하고 말았다!

"흠…. 그렇다면.

이 녀석의 목숨은 살려주지. 마젠다에게 말해서 술법의 봉인도 풀어주고.

그 대신이라고나 할까.

우리들에게 협력해라."

아, 역시 그렇게 나오는군.

"으음…."

―이런 녀석들에게 협력하는 건 죽어도 싫지만 그렇다고 아멜리아가 죽게 놔둘 수도 없었다.

게다가 그녀와 함께 여기서 사이좋게 개죽음당하는 것도 무의미하고….

어쩔 수 없지….

내가 한숨을 한 번 쉬고 입을 떼려던 그 순간.

"아, 겨우 따라잡았군요. 꽤나 찾았습니다, 펠티스 씨."

상당히 유유자적한 목소리가 내 바로 뒤에서 들려왔다.

"너! 너! 이 빌어먹을 녀석! 이런 곳까지 쫓아온 거냐?!"

내가 돌아보기도 전에 펠티스가 내뱉은 말에는 증오의 빛이 서려 있었다.

2. 인생은 만남과 이별의 반복

돌아보자 그곳에는 신관이 한 명 서 있었다.

나이는 대략 20세 남짓. 검은 머리카락에 평균 체격의 남자였다.

비교적 흔한 검은색 법의에, 어디에서나 팔고 있을 것 같은 지팡이. 그럭저럭 잘생겼다고 해도 좋지만 이렇다 할 특징이 없는 얼굴에는 분위기에 어울리지 않는 미소가 떠올라 있었다.

"누구지?"

발그몬이 그렇게 묻는 걸 보니 놈들과 같은 편은 아닌 것 같은데…?

"별것 아닙니다. 조금 사연이 있어서…. 어쨌거나 이 녀석은 손좀 봐줄 필요가 있지요."

눈동자에 살기를 띠며 천천히 앞으로 나오는 펠티스.

뭐가 어떻게 되어가는 것인지는 모르겠지만 말려들지 않는 게 좋을 것 같다. 일단 뒤쪽으로 물러나서 자리를 터주었다.

"그만두는 게 어떨까요, 펠티스 씨…. 전 당신을 죽이러 온 게 아닙니다만…."

"네놈은 그렇다 해도 난 널 죽이고 싶어 근질근질해…. 빌어먹

을 신관 녀석! 말해두는데 나에게 어지간한 주문은 통하지 않는
다!"

"음…. 그렇게까지 말씀하시니 어쩔 수 없군요…. 그럼…."

싱글거리는 얼굴을 바꾸지 않은 채 주문을 외우기 시작하는 신
관.

어…? 이 주문은…?

"어림없다!"

고함을 지르며 질주하는 펠티스.

눈 깜짝할 사이에 거리를 좁히고 신관을 롱 소드로 내리친다!

카앙!

상당히 큰 소리와 함께 튕겨나간 것은 수인 쪽이었다.

"아니?!"

무심코 소리를 지르는 나.

수인을 튕겨낸 것은 다름 아닌 단순한 주력(呪力)의 결계였다.

주력의 결계란 주문을 영창하는 도중에 술자를 보호하기 위해
발생하는, 일종의 마력장벽이다. 대개 강력한 공격주문일수록 술
자를 방어하는 힘이 커지는데 그렇다고 해도 최강의 공격력을 가
지고 있다고 일컬어지는 드래곤 슬레이브조차도 삼류 마법사가
외운 파이어 볼을 간신히 버텨내고, 공격하는 일류 전사의 움직임
을 상당히 늦추는 정도에 불과했다.

공격하는 상대를 튕겨낼 만한 주력 결계를 만들어내는 주문 따

원 지금까지 내가 아는 한, 존재하지 않았다.

하지만 신관이 외우고 있는 그 주문은 실제로 수인을 튕겨냈다. 그리고 이 주문은… 영창의 내용으로 보건대… 설마…?

황급히 펠티스에게서 더욱 멀리 떨어지는 나.

"뭐… 뭐냐?! 방금 그건?!"

겨우 몸을 일으킨 수인을 신관의 손가락이 똑바로 가리켰다.

그리고… 힘 있는 말이 해방되었다!

"블래스트 밤[泰爆呪]!"

우웅!

공간이 삐걱대는 비명을 지르며 신관의 주위에 빛의 구슬이 수십 개 생겨났다.

그것들은 신관이 가리킨 한 점을 향해 허공을 갈랐다!

동시였다.

내가 땅에 엎드린 것과 블래스트 밤의 빛 구슬이 수인에게 쏟아진 것은.

콰앙!

엄청난 소리와 충격파, 그 뒤를 이어 열기가 뿜어 나왔다. 귀를 막고 있지 않았다면 고막이 찢어졌을 것이다.

"우…."

얼마 후에 나는 겨우 몸을 일으켰다.

이미 펠티스의 모습은 온데간데없었고 그가 있던 주위의 땅만 오렌지색으로 끓어오르고 있을 뿐이었다.

도망친 건 아닐 거다. 한순간에 타버린 거겠지.

하지만… 정말 엄청난 화력이다….

—아, 잠깐….

나는 황급히 주위를 둘러보았다.

방금 전까지만 해도 주위에 있던 발그몬과 아멜리아의 모습이 없었다.

방금 전의 그 공격에 말려들지는 않았을 것이다. 정면으로 맞지 않은 이상, 근처에 쓰러져 있어야 정상일 테니까.

"이런…. 다른 한 사람은 놓치고 말았군요…."

태평스러운 목소리에 돌아보니 머리를 긁적이며 난처한 얼굴로 뻘쭘하게 서 있는 신관의 모습.

"할 수 없지…."

태연하게 중얼거리더니 시선을 내 쪽으로 돌렸다.

"아, 거기 계신 분. 엉뚱한 질문을 해서 죄송한데 혹시 방금 그 녀석들의 주소는 모르시나요?"

살기도 없고 허점투성이. 그 점이 오히려 더 기분 나쁘다.

"너…."

정면으로 신관을 응시하며 나는 말했다.

"너 혹시 레이 마그나스 아냐?!"

신관은 멋지게 뒤집어졌다.

"대… 대체 뭘 보고 그런 결론이 나오는 거죠?!"

지팡이에 의지해서 몸을 일으키는 그.

"음훗훗, 간단해. 내가 아는 한, 블래스트 밤을 쓸 수 있었던 사람은 오직 하나뿐이야. 다시 말해 레이 마그나스!"

"저기요… 레이 마그나스는 천 년 전의 마법사라고요!"

"무슨 소리야! 1~2천 년쯤은 근성만 있으면 살 수 있다고!"

"대체 무슨 근성입니까?! 어쨌거나 저에겐 제로스라는 어엿한 이름이 있습니다."

"흐음…. 그런데 정체가 뭐지?"

나의 물음에 태연하게,

"수수께끼의 신관입니다."

그렇군…. 자기 입으로 그렇게 말하는 부분이 확실히 수수께끼이긴 하다.

"그런데… 방금 녀석들과는 무슨 관계지?"

"적입니다."

딱 잘라 대답하는 그의 말에 나는 잠시 아무 말도 하지 않았다.

"믿지 않으시는 겁니까?"

"적의 적이라고 해서 같은 편이라고는 할 수 없어."

"뭐, 그건 그렇지만요."

"그리고 무엇보다도 나는 신관과 '입니다' 체로 말하는 녀석은 믿지 않기로 했거든."

"호…. 꽤나 비뚤어진 인생을 살아오신 모양이군요."

시끄럿.

"뭐, 농담은 둘째치고 중요한 건 그 애뮬릿[護符]… 아니, 탤리스먼[呪符]이야."

"무슨 소리죠?"

딴청을 피우며 시치미를 떼는 제로스.

"그 탤리스먼 말야. 목에 건 것과 벨트 버클에 달려 있는 것, 그리고 양손 팔찌에 박혀 있는 것. 그 네 개를 써서 마력을 증폭했잖아."

"아…, 간파당하고 말았군요."

이번엔 너무나 쉽게 인정한다.

마력의 증폭…. 과거와 현재를 불문하고 여러 마법사들이 그 연구에 몰두하고는 있지만 실용화되었다는 이야기는 아직까지 들어본 적이 없다.

나도 연구해본 적은 있지만 단순한 주문과 동작만으로는 실현이 무리라는 사실을 알게 된 것뿐이었다.

그것을 아주 간단한 주문과 동작만으로 너무나 쉽게 해버린 것이다, 이 남자는.

"블래스트 밤을 외우기 전에 네가 한 동작과 짧은 주문의 영창, 그 주문의 내용은 분명 '마력의 확대'였어….

하지만 그런 간단한 것으로 마력 증폭이 가능하다면 이 세상 연구자들이 그렇게 고생을 할 리가 없지.

그렇다면 당연히 주문이나 동작이 아닌 별도의 요인이 있을 터

…."

"그것이 이 탤리스먼이라고 생각하신 거군요."

"그래…. 하지만 그게 대체 뭐지? 평범한 보석은 아닌 것 같은데…."

내 물음에 그는 머리를 긁적이더니,

"사실은 저도 잘 모릅니다. 누군가로부터 선물로 받은 물건이라."

이 녀석도 아무 생각 없이 사는 부류인 모양이다….

아무 생각 없이 산다고 하니 떠오르는데… 무사하려나…? 가우리….

"뭐라더라, 데본 블러드[魔血玉]라는 돌인데, 각각이 루비 아이(붉은 눈의 마왕), 다크 스타(어둠을 다스리는 자), 카오틱 블루(창궁의 왕), 데스 포그(하얀 안개)…. 즉 이 세계의 마왕과 다른 세계의 세 마왕을 나타낸다고…."

"다른 세계의 마왕?!"

나는 놀라 되물었다.

"너… 너… 갑자기 그런…. 정말이야? 그게."

"글쎄요…. 저도 다른 사람에게서 들은 거라서…."

"누구한테서?"

"물론… 비.밀.이.에.요."

말하면서 검지를 흔들어 보였다.

남자가 그런 자세를 취하지 말아줬음 좋겠다….

"어쨌거나 평범한 물건은 아닌 것 같네…. 아! 맞다! 그거 나한테 팔지 않을래?!"

"예?! 무슨 말씀을 하시는 겁니까?!"

나의 멋진 발상에 놀라 소리를 지르는 제로스.

"당연히 내가 가지고 싶어서지. 눈 딱 감고 550 낼게!

오오! 굉장하다! 내가 생각해도 난 너무 통이 큰 것 같아! 이 정도 돈이면 레이피어(세검)도 살 수 있을 거야!"

하지만 나의 말에 제로스는 싱긋 작게 미소를 짓더니,

"550만이라면."

"좋아. 살게!"

"예…?"

과연 그도 이번엔 안색이 변했다.

"550만에 산다고 했어."

말하면서 나는 등에 있는 배낭을 풀고 안에서 부스럭부스럭 마법 도구 여럿을 꺼냈다.

"어디 보자, 크라우레 뿌리 한 다발에 멜티아의 약이 두 개, 라디린의 반지와 렘타이트의 원석…. 무스탈 가루가 다섯 꾸러미……. 에잇! 선심 썼다! 크르파의 환약 세 개도 줄게! 이 정도면 마을에 가서 헐값으로 판다 해도 가볍게 550만은 넘을 거야. 이걸로 거래 성립이지?"

"아니…. 저기… 그러니까…."

"스스로 가격을 매겨놓고 이제 와서 '팔기 싫다'고 말하지는 않

겠지? 당연히."

나는 제로스의 눈동자를 지그시 들여다보며 딱 잘라 말했다.

"하지만… 그게…."

무언가 우물우물 말하고 있긴 했지만 타협할 생각은 물론 없었다.

"말하지 않겠지?"

…….

"예…."

고분고분해서 맘에 들었어.

"뭐…, 이렇게 된 이상, 이건 넘겨드리겠지만요…."

체념한 표정으로 네 개의 탤리스먼을 풀더니 마지못해 나에게 건넸다.

"이 네 개를 가슴 앞에서 정십자가 되도록 하고 증폭의 주문을 외운 다음, 쓰고 싶은 주문을 외우면 됩니다. 그리고 증폭의 주문 말인데…."

"아, 그건 됐어. 아까 듣고 확실히 기억해두었으니까."

"헤에…."

감탄했다는 소리를 내는 제로스.

"대단하시군요. 짧은 주문이라곤 해도 한 번 듣고 기억해버리다니."

"뭐, 나도 전에 이런 걸 조금 연구한 적이 있었으니까."

말하면서 탤리스먼을 몸에 장착했다.

잘 안 어울리는 것 같은데…?

"연구라니…. 혹시 당신 마법사입니까?"

"내 차림을 보라고. 그거 아님 뭘로 보여?"

"그냥 이상한 사람으로 보입니다."

"너 말야!"

"아, 하지만 그럼 어째서 아까 싸움에선 주문을 쓰지 않으셨습니까?"

우!

아픈 곳을 찌른다….

사실을 이야기해도 좋을지 어떨지 나는 잠시 망설였지만 숨겨봤자 주문을 쓸 수 없다는 사실이 바뀌는 건 아니었다.

"봉인되고 말았어…. 술법이…."

"헤에, 그런 걸 할 수 있는 사람이 있습니까?"

"응. 놈의 동료 중에 마젠다라는…."

"뭐라고요?!"

갑자기 큰 소리를 지르는 그.

"마젠다 씨가 녀석들의 동료?!"

"자?! 잠깐 기다려!"

이번엔 내가 소리를 질렀다.

"마… 마젠다 씨라니. 너, 녀석과 알고 지내는 사이야?!"

무의식중에 방어 자세를 취하는 나에게 제로스는 머리를 긁적이더니,

"알기는 알죠. 단… 지금은 적으로서입니다만."

"흐음…. 이야기가 꽤 복잡하게 꼬이는 것 같네…."

"그렇군요. 이런 곳에서 할 이야기도 아니니 일단 어디 가까운 마을에라도 가지 않겠습니까?"

"그건 그래. 배도 슬슬 고프고."

그렇게 말하고 나는 고개를 끄덕였다.

"으음…. 그거 꽤 큰일이군요…."

제로스는 뜨거운 우유를 홀짝이면서 대수롭지 않다는 어조로 맞장구를 쳤다.

근처 마을의 작은 음식점.

꽤 늦은 점심을 먹으면서 나는 지금까지의 경위를 그에게 설명했다.

점심시간이 꽤 지난 탓인지 우리들 말고 다른 손님은 거의 없었다.

"하지만 주문이 봉인되어 있다면 제 탤리스먼을 산다 해도 의미가 없지 않나요?"

"그렇지도 않아. 하루에 한 번씩 주문을 외워서 몸 상태를 확인하고 있는데, 아무래도 봉인이 약해지고 있는 모양이야. 아주 조금씩이긴 하지만.

봉인된 날엔 '라이팅'을 외워도 아무 일도 일어나지 않았는데 어제 외워봤더니 간신히 촛불 정도의 밝기가 되었어.

뭐, 그나마 금방 꺼져버렸으니 공격주문 같은 건 외워봤자 소용 없겠지만….

그래도 이 탤리스먼이 있으면 어찌어찌 초급 공격주문 정도는 쓸 수 있지 않을까?"

"그렇군요…. 하지만 술법의 봉인이 느슨해지고 있다는 말은… 마젠다 씨의 술법이 허술했든지, 아니면 당신의 마력 용량이 엄청 나게 크다는 말이 되는데…."

"어쨌거나 적의 눈을 속이고 가우리와 일단 합류해야 해."

나는 깔끔하게 비운 접시에 시선을 떨어뜨리고 중얼거렸다.

"뭐, 가우리 쪽은 어떻게든 잘하고 있을 거라 생각하지만…. 그 보다 걱정인 건 아멜리아 쪽이야."

"괜찮지 않을까요?"

"무슨 근거로 그런 태평한 말을 할 수 있지?"

"그야 뭐… 그냥…."

그는 뜨거운 우유를 한 모금 마시더니,

"그 상황에서 적은 아멜리아 씨를 그 자리에서 죽일 수도 있었 습니다. 나이프나 뭔가로 한번 푹 찌르면 그만이니까요.

하지만 짐이 될 것을 뻔히 알면서도 굳이 데려갔으니 무언가에 이용할 생각이 있기 때문이겠죠."

"아마 우리들을 유인할 미끼겠지."

"그렇습니다."

고개를 끄덕이는 제로스. 나는 한숨을 쉬고,

"저기 말야…, 그 정도는 나도 알고 있어. 내가 걱정하고 있는 건… 뭐랄까… 목숨이 붙어 있다고 해서 무사하다곤 할 수 없다는 소리야."

그제야 가져온 식후의 홍차를 홀짝거리며 나는 말했다.

"그것도 괜찮지 않을까요?"

그는 다시 가벼운 어조로 말했다.

"적에게 마젠다 씨가 있는 이상, 아멜리아 씨의 술법을 봉인하는 일도 가능할 테니까 성대를 망가뜨리는 등의 수단은 취하지 않을 겁니다.

그리고 당연히 아멜리아 씨를 인질 삼아 우리들을 해치운 후엔 그녀도 죽일 생각이겠지만,

기왕 죽일 거면 의식 같은 것에 쓰는 편이 합리적이겠지요."

"의식?!"

홍차 잔을 든 손을 멈추고 나는 무심코 되물었다.

"예. 적도 일단은 종교 집단이니까요.

종교에 빠진 사람은 왠지 의식 같은 걸 좋아하지요.

하물며 적은 마왕을 숭배하는 집단,

그렇다면 의식으로 생각할 수 있는 것이…."

"제물?!"

놀라 소리를 지르는 나.

"그렇습니다.

제물은 최대한 깨끗하고 아름다운 것이 좋습니다. 그러니 그들

도 아멜리아 씨에게 무의미한 박해를 가하지는 않겠지요. 하지만
….”

제로스는 다소 복잡한 쓴웃음을 짓더니,

“그 사람들은 인간이 숭배해준다고 해서 마족이 기꺼이 무언가
해줄 거라고 생각하고 있는 걸까요?”

“뭐, 다른 사람의 힘을 빌려 자기 좋을 대로 살려고 하는 녀석은
많으니까.”

나는 한숨 섞인 어조로 말했다.

“신 쪽에 붙으면 ‘자기 좋을 대로’ 쪽이 실현될 것 같지 않으니
까 마왕의 힘을 빌리려고 생각한 거 아닐까?”

“음, 그런 겁니까…?”

차가운 표정으로 말하는 제로스.

“아, 하지만 적이 제물로 쓸 생각까지 못 할 경우에는?”

“그럴 일은 없을 겁니다. 크로츠 씨는 철저한 합리주의자니까
요.”

“크로츠?”

어디선가 들은 적이 있는 이름인데…?

“그 사람들의 우두머리…, 다시 말해 교주라고 해야겠지요.”

아. 맞다.

셋에서 적의 집회소에 갔을 때 그 발그몬인가 하는 남자가 입에
담았던 이름이었다.

“그런데… 너는 대체 놈들과 어떻게 엮인 거지?”

"음…. 실은 라이젤에서 그들과 어떤 물건의 쟁탈전을 벌였습니다. 뭐, 자세히 설명하면 길어지니까 간추려서 이야기하면, 결국 크로츠 씨가 그것을 손에 넣어서 본거지로 돌아갔지요."

"너무 많이 간추렸어…. 뭐, 상관없지만….

그런데 대체 뭐야? 그 '어떤 물건'이라는 게?"

"아니. 핫핫핫. 별것 아닙니다."

말하면서 시선을 돌리고 뜨거운 우유를 다시 한 모금.

"저기 말야…, 그런 녀석들과 너 같은 사람이 쟁탈전을 벌일 만한 물건이 별것 아닐 리 없잖아.

솔직히 대답해…."

"아니…. 저기… 그게…."

제로스는 무언가 우물우물 말하다가 이윽고 작게 중얼거리듯,

"단순한 '사본'입니다."

"사본…?"

사본이라고 하면….

설마?!

"잠깐만!"

나도 모르게 자리에서 벌떡 일어났다.

"리나 씨! 목소리가 커요!"

당황해서 진정시키는 제로스의 말에 나는 다시 의자에 앉았다.

─가게 주인이 수상쩍은 눈초리를 이쪽에 보내고 있는 것을 시야 한구석에 포착하고 나는 소리를 죽여 제로스에게 물었다.

"사본이라면… 그 '사본'을 말하는 거야?"

"아마… 그 사본일 겁니다…."

"클리어 바이블(이계묵시록)."

나의 작은 중얼거림에 그는 고개를 끄덕였다.

클리어 바이블.

그것은 마법사 사이에서 전해지는 전설이었다.

다른 세계의 마족들과 마법의 오의(奧義)가 적혀 있다는 마법서.

원본 한 권과 그 부분적이고 불완전한 사본 여러 개만이 어딘가에 존재한다고 했다.

마법사들 사이에서 그저 '사본'이라고 말하는 경우엔 그것(클리어 바이블)의 부분 사본을 가리키는데….

그 클리어 바이블의 실존설이 끈질기게 제기되고는 있지만 확실한 증거가 있는 것이 아니기에 단순한 전설로 치부하는 사람도 많다.

하지만….

실재한다. 클리어 바이블은.

과거에 나는 고향에 있는 언니와 함께 딜스 왕국에 간 적이 있었다.

그 왕궁에 그런 이야기가 전해지고 있었다.

이전에 여기에 '사본'이 존재했는데 먼 옛날 누군가에 의해 소각되고 말았다고.

하지만 '사본'에 적힌 내용은 대대로 왕궁 직속 현자에 의해 계승되고 있었고 나는 운 좋게 그것을 들을 수 있었다….

꽤 거짓말 같은 이야기이긴 했지만 나는 재미 삼아 그 전설을 바탕으로 두 가지 기술을 조합해냈다.

그리고 그 가운데 하나는 실제로 발동했다.

기가 슬레이브[重破斬].

마왕 중의 마왕 '로드 오브 나이트메어(금색의 마왕)'의 힘을 빌려 이 세계에 허무를 소환하는 술법.

그 파괴력은 사람이 쓸 수 있는 것 중에서 가장 강력하다고 일컬어지고 있는 드래곤 슬레이브의 힘을 가볍게 웃돌았다.

만약 딜스의 전설이… 아니, 그전에 클리어 바이블과 그 사본의 존재가 엉터리라면 결코 발동하지 않을 기술이었다.

그것이 완성되고 말았다는 말은 틀림없이 전설의 마법서가 실재한다는 것을 의미한다.

하지만….

나는 그 일을 마법사 협회에 보고하지 않았다.

사람이 쓰기에는 너무나 큰 힘인 것 같다는 생각이 들었던 것이다.

쓰기에 따라선 세계조차 멸망시킬 수 있을 정도로….

그렇다곤 해도….

'사본'이 실재한다고 해도 제로스와 놈들이 쟁탈전을 벌인 물건이 진짜라고 단정할 수는 없다.

"하지만… 그 '사본'이 진짜일까?"

나는 일부러 제로스에게 의심스럽다는 시선을 보냈다.

"어떤 마을이 마을 부흥이나 무언가를 위해 '사본이 있다'고 떠들고 다니는 것인지도 몰라."

"아, 흔히 있는 일이죠, 그런 일은."

가벼운 어조로 대답하는 제로스.

"'전설의 마법서'를 사칭해서 자신이 쓴 엉터리 책을 마니아에게 비싸게 팔아넘긴다든지요.

하지만… 이번 일은 그런 것과는 다릅니다.

저의 육감도 있습니다만, 무엇보다도 크로츠 씨가 교단의 주력을 총동원해서 '사본' 탈취에 나섰고 그 자신도 직접 움직였습니다.

그렇게까지 한 이상, 상당한 확신이 있을 겁니다.

그 점을 생각해보면 그것이 진짜일 가능성은 높다고 생각합니다."

왠지 억지로 짜 맞춘 것 같은 느낌도 드는데….

하지만 '사본'이 진짜인지 아닌지 하는 것보다 중요한 것은….

"그래서…."

나는 그의 눈동자를 빤히 바라보며 말했다.

"그 '사본'에는 대체 무슨 내용이 적혀 있는 거지? 아니, 그보다 너는 그 '사본'을 손에 넣어 대체 뭘 할 생각이었어?"

"으음…."

제로스는 잠시 난처한 표정을 짓더니,

"저에게도 여러 가지 사정이 있어서…. 말할 수 있는 것과 말할 수 없는 것이 있습니다.

다만 이것만은 약속드리죠.

절대로 '사본'은 악용하지 않겠습니다."

물론….

그렇게 말한다고 곧이곧대로 믿을 만큼 나는 마음이 곱지 않다.

하지만 어찌 됐든 그가 크로츠 일당과 대립하고 있다는 것만은 분명한 듯하다.

또한 가우리의 행방도 알지 못하고 나의 마법도 도움이 안 되는 지금, 비록 일시적이라도 같은 편으로 끌어들이는 게 상책으로 생각되었다.

"알았어. 그럼 그 일에 대해선 묻지 않을게….

하지만 놈들은 '사본'을 써서 대체 무엇을 할 생각이지?"

내 물음에 제로스는 쓴웃음을 짓더니,

"그걸… 저에게 물으시면 곤란한데요…. 뭐, 그런 사람들이니까 모든 사람들이 행복해지는 데 쓸 목적이 아닌 것만은 확실하겠죠."

"그렇겠지. 그리고 제안이 하나 있는데…."

"일시적으로 손을 잡자는 거죠?"

"응. 적의 본거지는 알지 못하지만 근처에 있는 집회소까지라면 안내해줄 수 있고, 나로서도 동료가 있는 편이 든든하니까."

"좋아요. 그리고 적 중에 마젠다 씨가 있는 이상, 내버려둘 수도 없으니까요."

"사연이 있는 모양이네."

"비밀입니다."

말하면서 제로스는 검지를 자신의 입에 갖다댔다.

이리하여.

나와 제로스의 급조 콤비가 결성되었다.

―어?!

나는 황급히 몸을 일으켰다.

그날 밤.

가명으로 여관에 방을 잡고 2층에 있는 내 방에서 자고 있었는데….

타는 듯한 살기 때문에 잠에서 깼다.

머리맡에 놓아둔 검을 잡고 침대 가에 걸어둔 망토에 손을 뻗었다.

그 순간.

콰과광!

강렬한 충격이 방 전체를 뒤흔들었다.

"아…?!"

나는 망토를 등에 걸치면서 방문을 열었다.

"큭…!"

타는 냄새와 열기가 얼굴을 강타했다.

그리고 다시 여관을 뒤흔드는 진동과 폭발음.

열기가 한층 강렬해졌다.

계단 쪽은 이미 오렌지색으로 물들어 있었다.

—누군가 이곳을 공격하고 있다!

그렇다고 하면… 표적은 아마도 나와 제로스.

나는 레비테이션 술법을 외우면서 다시 내 방으로 돌아갔다. 그리고 창문을 열고 그곳으로 뛰어내….

우당탕!

"아구구구구구구…."

그랬다….

겨를이 없어서 깜빡하고 있었지만 지금은 주문을 쓰지 못하는 상태였다….

방금 그 레비테이션도 창문에서 뛰어내린 순간엔 둥실 뜨는 느낌이 있었지만 결과는… 보는 바와 같았다.

바로 아래쪽에 키 작은 나무가 있었기에 망정이지 그렇지 않았다면 다리 정도는 부러졌을지도 모른다.

아차…. 그 탤리스면을 써볼걸….

그렇게 생각하면서 겨우 나무 틈에서 기어 나왔다.

그 눈앞에….

그녀가 조용히 서 있었다.

"오랜만이군요."
붉은 입술이 웃음과도 같은 형태로 작게 일그러졌다.
"들었어요, 발그몬에게서.
당신이… 그 리나 인버스라면서요?"
끈적끈적한 빛을 눈동자에 띠고 마젠다는 한 발짝 조용히 내 쪽
으로 다가왔다.
"아멜리아는… 아멜리아와 가우리는 무사해?!"
그녀가 뿜어대는 뭐라 형언할 수 없는 압박감에 압도되어 나는
한 발짝 뒤로 물러섰다.
뺨에 흐르는 땀은 이미 여관의 절반 가까이를 뒤덮고 있는 불꽃
의 열기 때문이 아닐 것이다.
"예. 아마 그 여자는 무사할 거예요.
다른 한 사람은 모르겠지만…."
"그 수인들은 뭐라고 보고했지? 베두르인가 하는 그…."
"모르겠군요…."
열풍에 머리카락을 나부끼며 다시 한 발짝 마젠다는 다가왔다.
"그 사람들과는 만나지 않았으니까…. 제가 만난 것은 발그몬
뿐….
—하지만 당신의 이름을 들었을 때는 놀랐어요….
만약 당신이 리나 인버스라는 것을 알았다면…

처음 만났을 때… 장난치지 않고 그 자리에서 죽였을 텐데….”

“그건 그렇고… 갑자기 여관에 불을 지르다니 그리 우아한 방법은 아니야….”

말하고 나는 그 자리에 멈춰 섰다.

마젠다의 얼굴에 다소 의아한 기색이 떠올랐다.

“그러고 보니… 발그몬의 이야기에 따르면 당신 말고 정체를 알 수 없는 신관이 한 명 더 있다고 했는데….

이미 불길에 휩싸인 걸까요?”

“아니.”

나는 느릿하게 고개를 저었다.

“있어. 네 뒤에….”

그녀는 낮게 웃음을 흘렸다.

“후후…. 재미없는 농담을….”

“아뇨. 정말입니다, 마젠다 씨.”

순간.

마젠다의 얼굴이 완전히 굳어졌다.

“서… 설마….”

느릿느릿 그녀는 고개를 돌렸다.

시선이 향한 그곳에는….

검은 로브 차림을 한 신관의 모습.

“제로스!”

마젠다는 비명에 가까운 소리를 질렀다.

"어째서… 어째서 당신이 이런 곳에?!"

"아뇨…. 그건 제가 할 말입니다…. 다른 곳도 아니고 마왕을 숭배하는 사교 집단의 간부가 되었을 줄이야…."

말하고 나서 제로스는 쓴웃음을 지었다.

"하지만… 그렇다면 자신의 교주가 대체 무슨 목적으로 움직이고 있는지 정도는 파악해두는 게 좋았을 것 같은데요…."

"그… 그럼 크로츠가 가지고 온 것은?!"

어지간히 동요하고 있는지 자신의 두목을 이름으로 막 불러댄다.

말을 잇지 못하는 마젠다에게 제로스는 깊이 고개를 끄덕이더니 오히려 신이 난 듯한 어조로,

"예. 클리어 바이블의 사본입니다.

이런 입장이 된 이상, 당신과 저는 적입니다.

그 일이 아니더라도 당신을 이대로 내버려둘 수는 없지만요."

"어떻게 할 생각이지…?"

당장이라도 꺼질 듯한 어조로 말하면서 마젠다는 슬금슬금 뒤쪽으로 물러났다.

좀 전까지 나에게 보이던 여유는 어디로 갔는지 지금은 완전히 겁을 집어먹은 표정이었다.

겁에 질린 마젠다에게 제로스는 싱긋 미소 짓더니,

"어떡하다뇨…. 당연한 말씀을."

그 순간.

"으악!"

마젠다는 작게 비명을 지르고 주저 없이 몸을 돌려 불꽃이 타오르고 있는 여관 안쪽으로 달려갔다!

"이봐!"

얼떨결에 외친 내 어깨에 제로스는 살짝 손을 얹었다.

"저… 저기, 제로스! 이건 대체 어찌 된 일이지?"

하지만 나의 물음에는 답하지 않고,

"뒤쫓겠습니다."

"뭐?"

나도 모르게 얼빠진 소리를 내는 나.

"전 지금부터 마젠다 씨를 뒤쫓겠습니다."

"뒤쫓다니… 너 제정신이야?! 상대는 이미 불 속에 있다고!"

"아뇨. 괜찮습니다. 그녀는 이 정도로 죽지는 않으니까요."

대체 뭐가 괜찮다는 거야?!

"어쨌거나 전 지금부터 그녀를 뒤쫓아가서 반드시 어떻게 해보이겠습니다."

"어… 어떻게… 라니?"

"당신이 술법을 쓸 수 있도록 해드리겠다는 말입니다."

그는 담담한 표정으로 말했다.

"일시적으로 협력하겠다는 약속을 나눈 지 얼마 되지도 않았는데 이렇게 헤어지게 되어서 죄송합니다만 반드시 뒤쫓아가겠습니다. 가르쳐주십시오. 놈들의 본거지가 어디죠?"

"마… 마인 마을 근처야….”

얼떨결에 솔직히 대답하는 나.

"알겠습니다. 그럼 전 이만. 가까운 시일 내에 다시 뵙지요.”

그렇게 말하고 제로스는 자신의 말대로 마젠다의 뒤를 쫓아 주저 없이 불꽃 속으로 뛰어들어 사라졌다.

두 사람이 사라진 후에 남은 것은 여전히 격렬하게 불타고 있는 여관뿐.

"뭐야…. 대체….”

나는 그저 멍하니 타오르는 불꽃을 바라보고 있었다….

만약 여관의 불이 꺼진 후 숯이 된 두 사람의 시체가 발견되기라도 한다면 실컷 비웃어줄 테다 하고 마음속으로 중얼거리면서.

다음 날.

나는 마인 마을로 향하고 있었다.

어젯밤 제로스와 헤어진 후, 생각난 김에 '변장'을 하고 노숙으로 밤을 보냈다.

—이 '변장' 이라는 거, 전에도 쓴 적이 있는 수법인데, 그저 평소의 옷에서 평범한 마을 처녀 같은 옷으로 갈아입고 머리를 뒤로 땋은 것에 불과하다.

당연히 수인들이나 발그몬을 만난다면 단번에 발각될 정도의 허접한 변장이긴 하지만….

그래도 추적자의 태반은 내 얼굴을 모른다. 그들이 찾고 있는 것은 열대여섯 살쯤의 나이에 밤색 머리카락의 여마법사일 테니 어찌어찌 속일 수는 있을 것이다.

하지만….

치마처럼 익숙지 않은 옷을 입으니 아래쪽이 허전했다.

가능하면 놈들에게 발각되지 않고 가우리와 합류한 다음 제로스의 숨겨진 활약으로 내 주문이 부활하고 마인 마을에서 다시 제로스와 합류… 이런 시나리오가 되어주면 정말 고맙겠는데 세상은 그리 만만치 않은 법.

어젯밤 그 일이 있은 후 확인해보았는데 탤리스면과 증폭의 주문을 쓰면 지금의 나도 파이어 볼 정도는 간신히 쓸 수 있는 것 같다.

물론 삼류 풋내기 마법사가 외우는 정도의 위력밖에 안 되는 것이었지만….

"이봐, 거기 여자!"

뒤쪽에서 누군가 갑자기 말을 걸어온 것은 내가 그런 생각을 하면서 길을 걷고 있던 때였다.

시각은 오후를 아주 조금 지났을 무렵일까?!

"역시."

"뭐가 '역시'야?"

돌아보니 그곳에는 나의 예상대로….

복면 차림을 한 남자들. 숫자는 대략 다섯 명. 이 정도 상대라면 마법을 쓰지 않아도 가볍게 해치울 수는 있겠지만 그런 짓을 했다간 다음엔 아마 수인들이 올 것이다. 그렇게 되면 힘들어진다.

그렇다면 여기선 세 치 혀로 돌파할 수밖에….

"넌 대체 누구냐? 어디로 뭘 하러 가는 거지?"

그중 한 사람이 롱 소드를 내보이며 캐묻자 나는 겁먹은 표정을 지으며,

"저… 전… 리리라고 해요…. 다른 사람의 심부름으로 세이룬까지 물건을…."

"흐음…."

남자는 물끄러미 내 몸을 훑어보았다.

그때 다른 한 사람이 입을 열었다.

"잠깐만…. 이 녀석, 어딘가에서 본 것 같은데…?"

움찔.

심장이 콩닥콩닥 뛰었다.

설마… 맨 처음 해치운 녀석들 중 한 명인가…?

"그러니까…… 신체검사 같은 걸 자세히 해보는 게 좋지 않을까?"

라고 말하면서 씨익 웃었다.

―아항.

아무래도 어디서 본 게 아니라 '자세한 신체검사'인지 뭔지를 하고 싶은 엉큼한 생각에서 그렇게 말한 모양이다….

그렇다고 해도 난감하다. 등에 멘 배낭에는 여느 때의 망토와

옷, 여러 가지 마법 물품이 들어 있고 쇼트 소드는 칼집째 옷 뒤에 꽂혀 있었다. 배낭을 내려놓으면 등에 무언가를 숨기고 있다는 것이 한눈에 드러난다.

　—에잇! 이렇게 된 바엔!

　나는 작게 코웃음을 쳤다.

　"뭐야? 이 여자! 그 태도는?!"

　물고 늘어지는 남자에게 나는 태연한 태도로,

　"별것 아냐…. 이 정도 수준의 부하밖에 없다니 마젠다가 나를 부른 이유를 알 것 같아서 말이지…."

　"뭐… 뭐라고?!"

　"무, 무슨 소리냐?"

　갑자기 마젠다의 이름이 나오자 당황하는 복면인들.

　"무슨 소리고 뭐고… 그녀와는 전에 좀 알던 사이거든…. 성가신 일이 생겼으니 도와달라는 연락을 받고 일부러 여기까지 온 거야."

　내 말에 얼굴을 마주 보는 남자들.

　"저… 정말이야…?"

　"의심한다면 어쩔 수 없지."

　나는 발길을 돌려 성큼성큼 왔던 방향으로 되돌아갔다.

　복면인들과 스쳐 지나가면서,

　"난 돌아갈게. 그럼 불만 없지? 마젠다에겐 너희들이 이야기해 주라고."

"자! 잠깐만요!"

당황해서 남자가 나를 제지했다. 갑자기 경어를 쓰는 꼴이 우스꽝스럽다.

"그 말이 사실이라면 저희들은 죽습니다…. 하지만 당신이 한 말이 지어낸 이야기라면 그건 그것대로…."

"그럼 마젠다 본인에게 물어보면 되잖아. 그녀는 어디 있지?"

"아니…. 그게…."

복면인들은 말끝을 흐렸다.

나는 한숨을 한 번 쉬고,

"난처하네, 정말…. 그럼 이렇게 하자. 나는 마인 마을까지 가서 일단 여관에 묵고 있을게. 만약 마젠다가 돌아오면 여관에서 멜티가 기다리고 있다고 전하라고."

내 말에 남자 중 한 사람이 의아하다는 듯,

"어…? 아까는 '리리'라고…."

움찔.

"그러고 보니… 누군가의 심부름으로 물건을 어쩐다고…."

"멍청하긴. 그런 건 당연히 거짓말이지."

내심의 동요를 억누르고 나는 매우 태연한 어조로 말했다.

"너희들이 대체 어느 정도인지 확인해보고 싶었을 뿐이야."

"아… 그렇구나…."

너무나 쉽게 납득하는 남자들.

나는 이래서 좋아한다, 삼류 악당이라는 녀석들을.

"아, 뭐하다면 마인 마을까지 함께 가드릴까요?"

복면을 한 남자 중 한 사람이 그렇게 제안했으나 나는 설레설레 손을 내젓고,

"함께 가준다는 핑계로 너희들도 함께 놀아보려는 수작이지? 그런 쓸데없는 생각 좀 하지 말고 성실하게 감시나 잘해.

그리고 마젠다에게 말을 전하는 것도 잊지 말고."

이리하여. 나는 다시 마인 마을을 향해 걷기 시작했다.

나는 돌아왔다.

마인 마을에.

하지만….

가우리의 모습은 없었고 제로스와 합류하기는커녕 내 마력도 회복하지 않았다.

다시 말해 마젠다는 아직 건재하다는 말인데….

최악의 경우, 무언가의 이유로 제로스가 도리어 당했을 가능성도 있는 셈이니….

적의 본거지에 도착한 것은 좋지만 역습에 나설 조건은 전혀 갖추어져 있지 않았다.

하지만 마르든 시들든 썩든 나는 리나 인버스, 깔짝깔짝 그냥 시간만 보낼 생각은 없었다.

그래서….

"동포들이여!"

남자들의 목소리가 낭랑하게 밤의 어둠 속에 울려 퍼졌다.

마인 마을 근처 산에 있는 녀석들의 집회소.

나는 다시 그곳에 잠입했다.

마인 마을에 도착한 지 5일째. 매일 밤 이곳을 점검했는데 오늘에야 비로소 집회가 열렸다.

잠입 방법은 전과 같았다. 말할 것도 없다고 생각하지만 탤리스먼으로 마력을 증폭하면 레비테이션 정도는 쓸 수 있었다.

목적은 물론….

놈들의 본거지를 찾는 것.

그래서 일부러 이렇게 집회소에 잠입을 감행한 것이다.

예전 가우리와 아멜리아와 함께 이곳에 잠입했을 때, 발그몬이 서 있던 곳에는 지금 다른 남자가 서 있었다.

아직 청년이라고 해도 좋을 것이다. 검은 머리카락에 얼굴이 약간 가느스름한 남자였다.

용모는 그럭저럭 잘생긴 부류에 넣어줘도 좋을까 하는 정도였지만 그 눈동자에 서린 광채가 달랐다.

그리고… 뭐랄까, 그 카리스마.

발그몬 따위와는 차원이 달랐다.

낭랑한 어조, 동작, 일거수일투족.

모든 것이 마치 계산된 것처럼 사람의 마음을 사로잡았다.

검정 로브를 몸에 두르고 양손을 좌우로 벌리면서,

"기뻐하라. 우리들이 원하던 물건은 지금 내 손에 있다!"

오오오오오오오오!

환희에 찬 목소리가 밤공기를 진동시켰다.

"그래! 나는 드디어 진정한 힘, 진정한 공포를 손에 넣었다.

이 힘을 바탕으로 신 따위를 숭배하고 우리들을 사교라며 비난하던 어리석은 자들에게 깨우쳐주는 것이다! 우리들이 진정한 힘이라는 것을!"

우오오오오오오오!

전보다 우렁찬 함성이 다시 투기장을 뒤흔들었다.

"일단은… 세이룬이다!"

―뭐?

갑자기 세이룬이라는 이름이 나와서 나는 무심코 눈살을 찌푸렸다.

"자신들의 마을을 건방지게 '성왕국'이라고 칭하며 쉬피드(적룡신)를 신봉하는 백마술 도시! 일단은 그곳을 괴멸시키고 우리들의 힘을 세상에 알리는 거다!"

이봐, 이봐, 이봐!

제정신이야?! 이 녀석들?

아무리 수상한 종교에 허풍이 필수라고 해도 이렇게까지 대담한 소리를 늘어놓고 나중에 '역시 안 되겠어'라고 하면 아무리 열성적인 신도라도 화가 날 것이다.

―아!!

그걸 위한 '사본'이었나?!

하지만… 다른 것도 아니고 세이룬 괴멸이라니 발상이 과격하다.

뭐… 지금까지도 과격하지 않았다곤 할 수 없지만….

그런 생각을 하고 있는 사이에 크로츠의 연설은 다른 화제로 옮아가 있었다.

"며칠 전 여기서 우리들의 회합을 방해한 괘씸한 녀석들이 있었지만…

걱정할 것 없다! 그중 한 사람은 우리들의 동지 발그몬이 붙잡았다.

나머지 두 사람도 머지않아 우리들 손에 떨어질 것이다!"

그 말을 듣고 나는 가슴을 쓸어내렸다. 그렇다면 아직 가우리는 건재한 셈이다.

―이후에도 클로츠의 연설은 정의와 악이 어쩌고저쩌고, 인간의 본질이 어찌 생겨먹었다 저찌 생겨먹었다, 등등 한없이 이어졌지만 그건 아무래도 좋다.

이윽고 크로츠의 연설이 끝나자 모인 사람 전원에 의한 주문의 대합창(내용은 루비 아이의 가호를 원하는 것이었다)이 있었고 그 뒤 집회는 끝을 고했다.

중앙의 투기장에서 크로츠와 그 측근들이 퇴장하자 이윽고 주위에 있는 횃불들이 하나하나 꺼졌다.

동시에 신자들도 출구 쪽으로 향했다.

지금이다.

나는 서둘러 레비테이션을 사용해서 어둠을 틈타 신자들 속으로 섞여 들어갔다.

물론 그러기 위한 변장은 하고 왔다. 마을 사람 비슷한 남성복을 입고 머리에는 두 눈의 위치에 구멍을 뚫었을 뿐인 자루를 뒤집어쓰고 있었다.

목소리까지 속이는 건 무리겠지만 만에 하나 누군가의 추궁을 받으면 '아버지를 따라왔는데 길을 잃은 남자아이'인 척할 생각이다.

오오! 가슴과 키가 작은 것이 이런 경우에 도움이 되다니!

별로 기쁘지 않아….

어쨌거나 나는 신자들과 뒤섞여 출구로 향했다.

목적지는 크로츠 일당이 있는 곳.

지금의 나는 거의 맨몸인 상태였다. 검은 아무래도 눈에 띄므로 다른 검과 함께 마을의 어느 장소에 숨겨두었다.

탤리스먼은 옷으로 가리는 형태로 몸에 장착했다. 두 손목에 차는 팔찌 타입은 위에다 붕대를 감았다.

꽤 부자연스러운 모습이었지만 이것만은 어쩔 수 없었다.

물론 이 상황에서 무모한 짓을 벌일 생각은 털끝만큼도 없었다. 그저 그들의 뒤를 쫓아가서 본거지를 확인할 요량이었다.

일단 집회소 안에 들어가면 안의 경비는 그리 삼엄하지 않을 거라 생각했는데….

아무래도 안이한 생각이었던 것 같다.

신자들의 복귀 경로는 정해져 있는 듯 다들 그 길을 따라서 묵묵히 나아갈 뿐이었다.

물론 도중에 샛길도 있었지만 그런 곳에는 반드시 붉은 망토와 마스크를 착용한 녀석들이 감시를 하고 있었다.

—어쩔 수 없지.

일단 나는 다른 녀석들과 함께 얌전히 집회소에서 밖으로 나왔다.

신자들 중 몇 사람이 횃불을 들고 마을을 향해 걸었다. 나는 그들과 섞여 걷다가 기회를 봐서 가까운 수풀 속에 몸을 감추었다.

그리고.

천천히 다시 집회소로 향했다.

수풀 속에서 잠시 상태를 살피고 있을 때, 이윽고 집회소에서 움직임이 있었다.

신자들의 출구와는 다른, 작은 출입구에서 몇 개의 그림자가 나타났다.

숫자는 열 명 정도일까?

그중 몇 사람은 지팡이 끝에 '라이팅'의 광량을 억누른 것을 밝혀서 들고 있었다.

희미한 빛에 비친 사람 중 한 명은 틀림없는 크로츠였다.

이윽고 일행은 천천히 마을과는 반대…, 즉 산 쪽을 향해 걸어갔다.

—좋아!

나는 속으로 기합을 넣고 충분히 거리를 벌린 다음, 빛의 뒤를 따랐다.

이쪽은 라이팅을 쓸 수 없었기에 의지할 수 있는 것은 달빛뿐이었다. 걷기가 꽤 위태위태했지만 다행히 가느다란 길이 하나 나 있는 것 같았다.

나는 길을 따라 당당히 걸었다. 살금살금 뒤를 밟다가 미행 중이라는 사실을 들키기라도 하면 그땐 정말 변명의 여지가 없으니까.

—얼마나 걸었을까?

내 앞길에 누군가가 서 있었다.

아무래도 미행을 눈치챈 것 같은데 여기서 방향 전환을 한다면 '난 당신들의 적이요'라고 선언하는 꼴이었다. 모르는 척 개의치 않고 성큼성큼 걸었다.

물론 말할 것도 없이 나는 아직 자루 마스크를 뒤집어쓴 상태였다.

이윽고….

"이봐! 거기 너!"

옆에서 들려온 목소리에 나는 놀란 듯 몸을 움츠렸다.

"아… 예."

대답하고 소리가 난 쪽을 바라보았다.

그곳에 있는 것은 아까의 그 붉은 복장 중 한 명.

꽤 큰 남자였다. 가우리와 비교해도 머리 하나는 더 클 정도.

들은 기억이 없는 목소리로 보건대 내가 모르는 녀석인 듯한데…….

"뭘 하고 있지? 이런 곳에서."

"아… 아버지와 헤어져서…. 빛이 보이길래 그만…."

횡설수설을 가장한 나의 어조에 남자는 한숨을 쉬더니,

"뭐야…. 미아였잖아…."

아무래도 믿어준 모양이다.

"이쪽이 아니다. 마을은 반대쪽이야…. 하지만 빛도 없는 산길을 아이 혼자 보낼 수도 없군….

집이 어디지?"

"예?!"

생각지도 못한 질문에 나도 모르게 얼빠진 소리를 내고 말았다.

"여자 같은 소릴 내지 마. 집이 어디냐고 묻는 거야. 내가 바래다줄 테니까."

잠깐. 이봐.

악의 종교 단체 회원이 쓸데없이 다른 사람에게 친절을 베풀지 마! 성가실 뿐이니까!

마음속으로는 그렇게 절규하면서도,

"괜찮아요…. 횃불이나 그 비슷한 걸 주신다면 혼자서 돌아갈 수 있으니까. 저도 이제 어린애가 아니라고요…."

"있잖아, 애야. '난 이제 어린이가 아니다'는 말을 당당하게 한다는 게 아직 어린애라는 증거란다. 그리고 아직 변성기도 안 지났는데 뭘.

평상시라면 그래도 괜찮을지 몰라도… 오늘 집회에서도 말했잖아, 최근 이 근처에 수상한 놈들이 얼쩡거린다고. 역시 혼자 돌려보낼 수는 없어."

수상한 놈들은 너희잖아!

그러고 있을 때 크로츠 일당의 불빛은 이미 보이지 않게 되고 말았다.

이런… 얼른 어떻게 하지 않으면….

한순간 내 머릿속에 '눈앞의 남자를 때려눕히고 입고 있는 옷을 빼앗은 다음, 크로츠 일당의 뒤를 쫓아간다'는 계획이 스쳐 지나갔지만 이 남자의 실력도 알지 못하는데다 운 좋게 적의 본거지를 알아낸다고 해도 긴 안목으로 보면 앞으로 더욱 움직이기 힘들어질 것 같아서 포기했다.

여기선 일단 얌전히….

"알았어요, 아저씨. 그럼 마을 입구까지라도 좋아요. 아저씨도 여러모로 바쁠 테니까."

"하아, 건방진 소리를 하는구나."

말하고 나서 남자는 속으로 작게 주문을 외웠다.

이윽고 지팡이 끝에 만들어진 작은 마력의 물빛이 밤의 산길을 흐릿하게 밝혔다.

"헤에, 마법을 쓸 수 있네요?"

"뭐, 이런 것쯤이야."

시치미를 떼고 말하는 나에게 남자는 의기양양하게 가슴을 폈다.

"자, 그럼 가자. 아… 참. 그런 복면 따윈 벗어버려."

"예…?"

무심코 나는 경직했다.

"복면을 벗으라고 했어. 아무리 불빛이 있다고 해도 그런 걸 쓰고 있으면 시야가 좁아지잖아. 나무뿌리 같은 거에 걸려 넘어지면 어쩌려고 그래?"

"아… 아저씨는 마스크 안 벗어요?"

어떻게든 이야기를 다른 곳으로 돌리려고 말했다.

"아… 나…?"

남자는 조금 씁쓸한 어조로,

"아저씨는… 조금 무섭게 생겨서 말이지…."

─수인인가….

그러고 보니 마스크 밑으로 보이는 얼굴 윤곽이 조금 울퉁불퉁하기는 했다.

"자, 그러니까 너나 얼른 마스크를 벗어."

말하면서 내 쪽으로 손을 뻗었다.

─어떻게 하라는 거야? 이런 상황에서….

하지만 그때.

콰아아아앙….

멀리서 나는 폭발음이 밤공기를 진동시켰다.

"뭐지?!"

남자는 소리치며 돌아보았다.

크로즈 일당이 모습을 감춘 것으로 보이는 방향에서 그리 큰 규모는 아니지만 확실히 한순간 불꽃이 번쩍였다.

—무슨 일이 있는지는 모르겠지만… 저곳이 본거지로군!

"미안하구나! 애야!"

말하면서 남자는 불빛이 서린 지팡이를 내게 넘겼다.

"미안하지만 바래다주지 못하게 되었다! 마을은 그 길을 따라가면 곧이다! 도중에 샛길이 있는데 그쪽으로 가면 안 된다! 알았지?"

"아저씨!"

말하고 빙글 몸을 돌리는 남자에게 나는 엉겁결에 말을 걸었다.

"왜?"

"저기… 이름은?!"

"듀크리스다. 다시 만나자꾸나!"

말하고 나서 곧장 어둠 속으로 모습을 감추었다.

적이긴 해도… 그리 싸우고 싶지 않은 타입이다….

—어쨌거나 이렇게 된 바엔 갈 수밖에 없다!

건네받은 지팡이는 일단 가까운 수풀 속에 숨겨두고 나는 불꽃이 보인 쪽을 향해 달리기 시작했다.

이윽고 나는 그곳에 도착했다.

경사면 여기저기에 건물 같은 것이 군데군데 보였다.

산속에 지은 건물이었는데 산사태 같은 것으로 묻혀 방치된 것을 놈들이 발견해서 쓰고 있는 모양이었다.

그러고 보니 이 근방은 예전에 레티디우스 공국의 영지였다.

5백 년 전쯤 멸망한 나라인데 당시의 유적이 여기저기 남아 있는 것이리라.

입구로 보이는 곳은 하나. 주위에 보초의 모습은 없었다.

꽤 멀리 있는 곳에도 커다란 구멍이 뻥 뚫려 있었고 안에선 마법의 빛이 새어 나오고 있었다.

여기에 있는 것은 아마 간부급 이상의 사람들뿐이리라. 그렇다고 하면 사람 수는 몇 안 될 것으로 생각된다.

그에 비해 묻혀 있는 건물의 규모는 꽤 커 보였다.

—지금이라면 어떻게 잠입할 수 있겠지만….

하지만 무턱대고 들어갔다가 적과 마주치는 날엔 정말 곤란해진다.

하지만 아까 그 폭발로 미루어 보아 저 안에 녀석들의 적이 있는 것만은 확실한데….

혹시 제로스?!

도망치는 마젠다를 뒤쫓아 여기까지 왔다든지.

잠입한 가우리가 발각되어 적의 마법 공격을 받았을 가능성도 있다.

—에잇! 이런 곳에서 혼자 고시랑고시랑 가능성만 검토하고 있을 때가 아니다!

어쨌거나 폭발을 일으킨 것이 나와 같은 편인 사람이라면 여기서 잠자코 지켜보고 있을 수만은 없었다.

나는 몸을 숨기고 있던 수풀에서 뛰쳐나와 건물 입구를 향해 달렸다.

불빛이 새어나오는 구멍 쪽으로 가지 않은 것은 너무나 함정 같기 때문이었다.

밖에서 살펴본 바로는 입구 부근에 누군가 있는 것 같은 낌새는 없었다.

나는 발걸음 소리를 죽인 채 살금살금 건물 입구로 들어갔다.

과거엔 건물의 앞뜰에 해당하는 장소였는지 좌우로 백휘석 기둥이 반쯤 토사에 묻힌 채 늘어서 있었다.

그 앞에는 뻥 뚫린 네모난 검은 구멍. 이곳이 아직 온전한 건물이었을 땐 아마 여기에 문이 있었을 것이다.

그곳을 통과하자 꽤 크고 둥그런 홀이 나왔다.

좌우에는 역시 문이 없는 입구가 하나씩. 그중 이쪽에서 봤을 때 오른쪽에서 희미한 불빛이 새어 나오고 있었다.

—저쪽인가?

내가 한 발짝 나서려 한 그 순간.

쿠웅!

안쪽에서 다시 들려오는 폭발음.

—역시 누군가가 싸우고 있다!

생각이 끝나기도 전에 나는 빛이 새어 나오는 입구를 향해 달려 갔다.

주위에 역시 사람의 기척은 없었다.

홀을 에워싸는 듯한 형태로 통로가 뻗어 있었고 길은 두 갈래로 나뉘어 있었다.

한쪽은 조금 앞쪽에서 꺾여 있었고 다른 한쪽에선 계단이 보였 다. 불빛은 양쪽 모두에서 새어나오고 있었는데….

—에잇! 이렇게 된 바엔 감에 의존할 수밖에!

나는 구부러진 길 쪽을 선택했다.

모퉁이를 돌아도 그 앞에는 계속해서 통로가 이어질 뿐. 통로의 좌우에는 문이 주욱 늘어서 있었고, 건너편 오른쪽도 다른 통로였 다.

매우 낡긴 했지만 실내는 호화로웠다. 척 보기엔 돈 많은 귀족 의 별장이라는 인상.

방 안의 기척을 살피면서 나는 좀 더 안쪽에 있는 통로로 향했 다.

그곳에도 사람의 기척은 없었다.

구조는 아까와 거의 동일했다. 복도 좌우와 막다른 길에는 문이 줄줄이 늘어서 있었다.

다만 다른 것은….

"흠… 여긴가…?"

가장 안쪽에 있는 방.

그곳 문만이 박살 나 있고 아직까지도 희미하게 연기가 새어나오고 있었다.

분명 폭염계의 술법을 사용한 흔적이었다.

방 안에는 아무도 없었지만 벽이 심하게 부서져서 바깥 풍경이 훤히 내다보였다.

역시 폭염계 마술을 사용한 후였다. 처음 눈에 들어온 폭발은 아마도 이것이었으리라.

바깥쪽에선 이곳의 빛이 보였던 거군.

모든 방을 하나씩 확인해보고 싶었지만 그런 느긋한 짓을 하고 있을 시간은 없었다.

일단 다른 한쪽 통로를 찾아봐야 했다.

나는 방금 왔던 통로를 되돌아갔다.

하지만 모서리를 돌았을 때 정면으로 그 녀석과 딱 마주치고 말았다!

"뭘 하고 있는 거냐?"

내가 아는 얼굴이었다.

―수인 베두르.

"뭐… 뭐냐면 그게…."

나도 모르게 말을 더듬었다.

수인이 오른손에 들고 있는 그레이트 소드가 흐릿하게 빛을 냈다.

나는 아직 복면을 쓰고 있었지만 목소리를 기억하고 있을지도 몰랐다.

그래서 남자아이를 가장한 거짓 목소리로,

"지… 집회가 끝나고 아빠를 잃어버려서…

여… 여기저기 얼쩡대다 보니 쾅 소리가 들려서… 무슨 일인가 하고 달려온 건데요…."

다시 궁색한 변명을 시도해보았다. 하지만….

"복면을 벗어라."

베두르가 조용한 목소리로 말했다.

야단났다…. 본격적으로 야단났다….

이렇게 된 이상, 모든 걸 운에 맡기고 공격에 나설 수밖에 없는 건가…?

꽤 넓은 통로이긴 했지만 그레이트 소드를 자유롭게 휘두를 수 있을 만한 공간은 아니었다. 그러니까 상대의 눈을 잠깐 현혹시킨 다음, 도망치는 것이 상책!

건물 안에서 소란을 피우고 있는 것이 누구인지는 모르겠지만 그쪽으로 향하는 적을 분산시키는 효과를 노릴 수도 있을 테고.

"하지만… 복면은…."

나는 양손을 가슴 앞에서 우물쭈물 꼬면서 속으로 중얼거렸다.

—당연히 증폭의 주문을.

"벗으라고 했다."

다가오는 베두르. 물러서는 나.

증폭의 주문을 완성하고 나는 파이어 볼의 영창에 들어갔다.

이제 조금만 더….

"스스로 벗지 못하겠다고 하면…."

검을 쥔 베두르의 손에 힘이 들어갔다.

그때.

"조심해라, 베두르! 그 녀석은…."

어디선가 갑자기 들려오는 길파의 목소리.

"뭐?!"

수인의 주의가 그쪽으로 기울어진 순간, 나는 주문을 끝마쳤다.

"파이어 볼!"

원래 실내에서 쓸 만한 주문은 아니지만 파워가 떨어진 나의 마력이라면 이런 곳에서 사용해도 별탈은 없을 터.

마주한 양 손바닥에서 우웅 하고 굉장한 감촉이 발생했다.

―앗?!

묘한 느낌이 있긴 했지만 망설일 여유는 없었다!

"피해! 베두르!"

길파의 외침 소리를 들으면서 나는 손안에 생겨난 빛의 구슬을 수인 쪽으로 집어 던졌다!

콰과광!

폭발은 내 예상을 훨씬 초월한 큰 것이었다.

"우왓!"

굉음이 주위를 뒤흔들었고 나는 무의식중에 바닥에 엎드렸다.

이윽고 내가 눈을 떴을 때 그곳에 베두르의 모습은 없었다.

방금 그 폭발에 휘말린 것인지, 아니면 간발의 차이로 도망쳤는지는 알 수 없었다.

벽과 바닥에는 균열이 나 있었고 통로는 좀 전의 폭발로 완전히 무너져서 지금은 통행 불가능 상태였다.

하지만… 방금 폭발은 대체….

혹시?!

나는 서둘러 주문을 외웠다.

"라이팅!"

주문을 해방함과 동시에 내 머리 위로 하얗고 눈부신 마법의 불빛이 만들어졌다.

―방금 것은 증폭의 주문 없이 한 것이다.

그렇다.

나의 마력은 완전히 회복되어 있었다.

"좋았어!"

나는 기합을 한 번 넣고서 쓰고 있던 복면을 벗어 던졌다.

드디어 제로스가 한 건 해준 것 같다.

마력의 봉인이 풀린 이상, 두려울 게 없었다.

하지만 주문의 증폭은 그 정도를 파악할 때까지 무턱대고 쓰지 않는 게 좋을지도 모르겠다….

아까 파이어 볼의 대폭발도 통상의 내 힘이 더욱 증폭된 까닭에 일어난 것이었는데….

위력에 비례해서 마력 장벽이 파워업을 했기에 망정이지, 그렇지 않았다면 주문이 작렬한 순간, 나는 통구이가 되었을 것이다.

지금도 아직 주위의 기온은 꽤 높았다.

뭐, 그건 둘째치고 지금은 일단 진격할 뿐!

통로는 방금 그 폭발로 막혀버렸지만 아까 그 방에서 건물 밖으로 나와 다시 입구로 들어가면 그만인 일이었다…. 하지만….

역시 마력도 회복되었고 증폭의 탤리스먼도 있는 이상, 써보고 싶어지는 게 인지상정.

즉.

증폭된 담 브라스[振動彈] 같은 걸로 아무 벽이나 박살을 내면 증폭 후의 힘을 확인할 수도 있고 통로도 뚫을 수 있으니 일석이조!

혹시나 해서 말해두는데… 이건 어디까지나 순수한 지적 호기심에서 나온 것일 뿐, 결코 '지금까지 공격마법을 쓰지 못했던 울분을 가까운 곳에 분출한다'는 마음에서 이러는 것은 아니다….

믿어줘….

일단 적당한 방을 골라 문을 열었다.

"음, 이쪽이 복도니까…."

증폭 주문을 외운 다음, 계속해서 담 브라스의 주문.

"담 브라스!"

콰아앙!

내가 해방한 주문은 단 한 방으로 어른이 서서 지나갈 수 있을 만한 큰 구멍을 벽에 뻥 뚫어버렸다.

"자, 그럼 가볼까…."

나는 벽에 뚫린 구멍으로 나가려다 문득 생각을 고쳐먹고서 방 안에 구르고 있던 망가진 의자를 구멍 바깥으로 집어 던졌다.

그 순간.

번쩍!

은색 빛이 번득이더니 의자가 두 동강이 나서 바닥에 떨어졌다.

—아, 역시.

"들킨 모양이야."

벽 건너편에서 놀리는 듯한 길파의 목소리가 들려왔다.

"역시 살아 있었구나, 베두르. 길파."

내 말에 부응하듯 뚫려 있는 구멍에서 수인 베두르가 모습을 드러냈다.

매번 그렇지만 역시나 길파의 모습은 보이지 않았다.

"어디서 싸울까?"

담담한 어조로 묻는 베두르.

"글쎄…. 넓은 쪽이 좋겠지? 홀에서 싸우자."

대답하자 수인은 이쪽에서 보이도록 뒤로 물러섰다.

나는 그에게서 시선을 떼지 않은 채 벽의 구멍을 빠져나왔다.

마력이 되돌아왔다고 해도 상대는 두 사람…. 게다가 한쪽은 어디에 있는지도 알 수 없는 상태.

증폭 주문을 사용한다면 베두르 일당을 한 번에 날려버릴 수도 있겠지만, 주문을 외우는 시간이 조금 길어지는데다 얼마만큼의 위력을 발휘할지 아직 예측이 되지 않았다. 섣불리 주문을 쓰다가 건물 자체가 붕괴하는 사태도 일어날 수 있는 것이다.

굳이 홀을 싸움터로 고른 것은 도망치기 쉽다는 것과 그곳이라면 조금 큰 주문을 써도 붕괴할 일은 없을 거라는 계산에서였다.

이윽고 나와 베두르는 홀에 도착했다.

"라이팅!"

모습이 보이지 않는 길파가 주문을 해방하자 천장 근처에 하얀 마법의 불빛이 생겨났다.

"간다."

말이 끝나자마자 베두르는 크게 바닥을 찼다.

그레이트 소드를 휘두르지 않고 그대로 찔러댄다.

빠르다!

좌우로 피한다면 칼을 좌우로 휘둘러서 베어버릴 심산일 것이다.

물러나면서 주문을 외우는 내 귀에 길파가 외우는 주문이 들려왔다.

"에르메키아 란스[烈閃槍]!"

상대의 정신에 직접 대미지를 주는 이 기술이라면 아무리 레서 데몬급의 내마 능력을 가지고 있다고 해도 무사하지 못할 터.

물론 맞는다면 그렇다는 이야기지만.

베두르는 내가 쏜 에르메키아 란스를 옆으로 슬쩍 피했다.

하지만 그 탓에 추격 속도가 약간 늦추어졌다.

나는 개의치 않고 다음 주문을 외우면서 뒤쪽으로 계속 물러났다.

다음 주문으로 적의 눈을 현혹시키고 바깥으로 도망칠 생각이었다. 베두르가 뒤를 쫓아오면 큰 주문 한 방으로 결판을 내고.

하지만 그때 길파의 주문이 완성되었다!

"섀도 웹[妖影縛]!"

베두르의 그림자가 형태를 바꾸더니 창 모양의 촉수가 되어 나를 향해 뻗어왔다!

어림없다!

나는 뒤쪽으로 크게 도약해서 물러났다. 아슬아슬하게 그림자는 내 발치에 꽂혔다.

계속해서 추격하는 베두르. 나는….

─몸이 안 움직인다?!

자세히 보니 길파가 쏜 그림자 창이 바닥에 드리운 내 그림자를 관통하고 있었다.

─그림자를 이용한 '섀도 스냅'인가?!

그제야 깨달았지만 이미 늦었다. 베두르는 그레이트 소드를 치켜들었고…,

은색 광채가 공기를 갈랐다!

째앵!

금속성의 맑은 소리를 내며 한 자루 검이 튕겨나가 바닥에 떨어졌다.

위기일발의 순간에 누군가가 수인에게 검을 집어 던졌고 베두르의 검이 튕겨낸 것이다.

"가우리!"

나의 외침에 뒤쪽에서 낯익은 목소리가 들렸다.

"예상이 빗나가서 미안하지만… 나다."

"제르가디스!"

3. 어디로 갔지?! 혼전이 계속되는 추격전

"라이팅!"

제르가 쏜 빛의 구슬이 땅에 묶여 있던 나의 그림자를 지웠다.

길파의 주박에서 풀려난 나는 제르가디스 쪽으로 달려갔다.

그와는 전에 여러 가지 사건으로 몇 번인가 인연을 맺은 적이 있었다.

어느 마법사에 의해 락 골렘, 블로 데몬과 합성되어서 지금은 인간으로 돌아갈 방법을 찾아 여행을 하고 있는 걸로 아는데….

"고마워. 오랜만이야, 제르. 하지만 어째서 네가 이런 곳에?"

"그건 내가 할 말이야. 그리고 뭐야? 그 차림은…. 가우리 녀석의 모습도 보이지 않고…."

"자세한 건 나중에 이야기할게…."

"그편이 좋을 것 같군."

"이런, 이런…. 오랜만이야, 제르가디스."

길파의 목소리가 들려왔다.

"아는 사이야?"

"조금."

내가 묻자 제르가디스는 수인에게서 눈을 떼지 않고 그렇게 대답했다.

"잘도 이런 곳까지 쫓아왔군…. 결판을 내기 위해서인가?

아, 참. 일단 충고해두지. 너의 피부가 아무리 바위로 만들어져 있다고 해도 베두르의 힘으로 한번 베이면 그걸로 끝장이다."

"말하지 않아도 알아."

제르는 튕겨나간 검을 향해 한 발짝 다가갔다.

방해하기 위해 움직이는 베두르에게 나는 주문을 발사했다.

"라이팅!"

물론 눈을 멀게 하기 위함이었다. 아무리 내마 능력이 있다고 해도 눈이 있는 한, 눈부신 것은 눈부시기 마련이니까.

베두르가 내 라이팅을 피한 틈에 제르가디스는 검을 향해 달려 갔다!

안 돼!

검을 줍는 것보다 분명 베두르의 일격이 빠를 터다!

물론 그 틈을 놓칠 수인이 아니었다. 불안정한 자세의 제르를 향해 말없이 크게 검을 치켜든다.

그 순간.

"라이팅!"

제르는 몸을 틀더니 허술해진 수인의 얼굴을 향해 빛을 쏘았다!

"크아악."

이번에는 제대로 명중했다!

빛에 눈이 먼 베두르는 그래도 검을 휘둘렀지만 그런 것이 맞을

리 없었다. 제르가디스는 어려움 없이 피하고 바닥에 떨어져 있는 검을 주워 든 다음, 몸을 일으키며 베두르를 찌르려 했다!

"위험해! 베두르."

하지만 길파의 말이 끝나기도 전에….

푸욱!

수인이 휘두른 검을 지나쳐서 제르가디스의 검은 베두르의 목을 꿰뚫었다!

"……."

수인의 몸이 휘청 기울더니….

다시 제르를 향해 검을 휘둘렀다.

"아니?!"

검을 뽑아낼 여유는 없었다. 제르가디스는 검을 놓고 뒤쪽으로 물러났다.

그 순간 베두르는 자신의 목에서 검을 뽑아 던지더니 사뿐히 뒤쪽으로 크게 물러났다.

말도 안 돼…!

무심코 눈을 크게 치켜뜨는 나와 제르.

검은 틀림없이 베두르의 목을 수평으로 관통했다.

분명히 말해 치명상. 보통은 죽고도 남는다.

제르에게 검을 휘두른 것은, 뭐, '최후의 힘을 짜내면' 결코 불가능한 일이 아닐지도 모르겠지만 지금의 움직임은 어떻게 봐도 ….

두 사람이 멍청히 서 있을 때 수인은 안쪽 통로로 모습을 감추었다.

"뭐야…? 대체…."

"근성이 있는데…?"

"근성은 둘째치고 나는 놈을 쫓아갈 거야. 적은 해치울 수 있을 때 해치워둔다, 그게 나의 신조니까. 너는 어떡할래?"

베두르가 모습을 감춘 것은 건물의 안쪽. 어쩌면 그곳이 바로….

"나도 갈게. 동료인 아멜리아라는 애가 붙잡혀 있어."

"그 폭발을 일으킨 장본인 말야?"

"아마도."

제르의 말에 나는 고개를 끄덕였다.

마젠다에게 걸려 있던 술법의 봉인이 풀린 걸 알고 벽을 술법으로 폭파하고 도망치려 했을 때, 마침 돌아온 크로츠 일당과 마주쳐서 어쩔 수 없이 안쪽으로 숨어 들어가 교전… 뭐, 그렇게 된 상황이 아닐까?

제르가디스도 어딘가에서 그 폭발을 목격하고 나보다 좀 늦게 이곳까지 온 듯했다.

"그럼 결정됐군. 가자."

그의 말에 수긍하고 두 사람은 동시에 뛰어나갔다.

수인 베두르의 뒤를 쫓아.

추적은 쉬웠다.

바닥에 흩뿌려진 상당량의 피가 우리들을 수인이 있는 곳으로 안내해주었으니까.

혈흔은 안쪽에 있는 계단 옆을 통과해서—

보다 안쪽에 있는 좁은 통로까지 이어져 있었다.

그 통로의 입구에 베두르가 있었다.

우리들의 기척을 눈치챘는지 천천히 이쪽을 돌아보았다.

대체 어디서 조달했는지는 모르겠지만 누더기 조각을 목에 감아서 지혈을 하고 있었는데 눈은 이미 흐릿했고 입도 반쯤 벌린 상태였다. 누가 보더라도 죽은 사람의 얼굴.

그래도… 수인은 움직이고 있었다.

상당히 이상한 광경이었다.

비틀거리는 발걸음으로 이쪽을 돌아보더니 그래도 검을 들고 자세를 취했다.

아멜리아에 대해 물으려고 생각했는데… 소용없겠어. 이래선….

"고생이 심한 것 같군, 베두르."

제르가디스는 검을 늘어뜨린 채 말하면서 한 발짝 수인에게 다가갔다.

"안심해. 곧 편하게 해줄 테니까."

그의 말에 호응이라도 하듯 어딘가에서 주문을 외우는 낮은 목소리가 들려왔다.

—길파!

"방해하지 마!"

베두르를 향해 달려가는 제르가디스. 하지만….

"제르! 조심해!"

수인의 그림자가 꿈틀거리더니 십여 개의 칼날로 변해서 제르가디스를 덮쳐왔다!

"칫!"

일일이 검으로 튕겨내긴 했지만 후퇴할 수밖에 없었다.

그림자 칼이 제르의 몸을 벨 수 있을 만한 힘을 가지고 있는지 어떤지는 모르겠지만 실제로 시험해볼 필요는 없을 것이다.

길파 쪽을 어떻게 하지 않으면 끝까지 성가시게 굴 것 같은데, 대체 어디에…?

"알 것 같군."

뭘 알 것 같은지는 모르겠지만 작은 소리로 중얼거리더니 제르는 입가에 미소를 지었다.

그는 이쪽을 돌아보더니,

"저 그림자, 네 술법으로 어떻게 할 수 없겠어?"

나는 가볍게 어깨를 으쓱했다.

"섀도 마스터의 술법을 깨뜨리는 방법은 유감스럽게도…. 단순한 섀도 스냅 정도라면 라이팅 한 방에 해제할 수 있지만 보아하니 단순한 기술은 아닌 것 같고…."

"그렇다면 어쩔 수 없지만…. 뭐, 어떻게든 피해보지."

말이 끝나자마자 다시 수인을 향해 달렸다. 이번에도 수인의 그림자가 부풀었고….

이번엔 그물처럼 변하더니 제르의 앞을 가로막았다.

그를 삼켜버릴 생각인가?!

"에잇!"

개의치 않고 돌진하는 제르가디스.

하지만.

그림자는 갑자기 단순한 그물에서 날카롭게 튀어나온 바늘의 산으로 모습을 바꾸었다!

멈춰 서기엔 너무 가깝다!

그때.

"플로 브레이크[崩魔陣]!"

주위가 일순 눈부신 빛에 휩싸이더니 다음 순간, 길파가 조종하던 그림자가 흔적도 없이 사라졌다!

제르가디스가 달렸다!

베두르의 검이 번뜩였다!

쿵!

두 사람은 정면으로 충돌해서 그대로 쿵 쓰러졌다.

그리고…,

천천히 일어선 것은 제르가디스였다.

"덕분에 살았군. 고마워."

안쪽으로 이어진 통로에 서 있는 하얀 그림자를 향해 그는 말했다.

나도 한 손을 가볍게 살랑살랑 흔들면서 말했다.

"안녕. 잘 지냈어? 아멜리아."

"야호! 역시 당신이었군요! 리나… 그분은?"

"제르가디스라고 하는데… 아! 자세한 이야기는 나중에 하자! 어딘가 근처에 길파가 아직 숨어 있을 거야!"

"녀석이라면 해치웠어."

"보라고. 제르도 그렇게 말하… 뭐…?!

자… 잠깐. 그게 무슨 소리야?! 제르!"

"쉽게 말해…."

말하면서 그는 발치에 쓰러져 있는 베두르의 시체를 발로 뒤집었다.

그리고 수인의 등에 있는 혹을 관통한 브로드 소드를 뽑더니,

"이 녀석이 길파야."

이 녀석이라니… 설마….

"이 혹이?!"

"그래. 아마도."

그랬구나…. 즉….

베두르를 만들어낸 사람… 아마 크로츠겠지만, 그는 수인의 등에 또 하나의 뇌를 이식했던 것이다.

평소엔 베두르의 뇌가 몸을 움직이지만 베두르 쪽에 무슨 일이 생기면 길파의 뇌도 몸을 제어할 수 있었고,

그래서 검에 목을 찔린 베두르가 죽은 뒤에도 움직일 수 있었던 것이다.

자세히 보니 혹의 주름에 감추어져 있는 형태로 작고 깊은 균열이 옆으로 나 있었다.

이것이 아마 길파의 '입'일 것이다. 물론 주문을 외우기 위한.

어딘가 다른 장소에도 길파 전용의 '눈'이 달려 있겠지만 그런 기분 나쁜 물건을 일일이 찾아볼 생각은 없었다.

"어쨌거나… 요상한 취미야. 이런 기분 나쁜 걸 다 만들고…."

"긴장을 풀 때가 아니에요! 리나! 이제 곧 적이 올 테니까!"

"적이라면… 몇 명쯤 있어?"

"글쎄요…. 도망쳐 다녔기에 잘은 모르겠지만…

특별히 주의해야 하는 건 한 사람이에요."

"누구?"

"몰라요. 눈에 안 띄는 곳에 숨어 있을 때 놈들의 목소리가 들려왔는데, '또 다른 침입자가 들어왔다!' '어쩔 수 없군! 녀석을 쓰자!'고 하더군요….

왠지 굉장히 안 좋은 예감이 들어 간신히 도망쳐서 왔어요. 아마 그 '녀석'인가 하는 녀석이겠죠…."

"잠깐만…."

드물게 떨리는 목소리로 말하는 제르가디스.

"녀석을 쓴다고 했나?"

"예."

아멜리아가 끄덕이자 제르가디스는 중얼거리듯 말했다.

"도망치자…."

"뭐?"

무심코 나는 반문했다.

"도망치자! 서둘러!"

말이 끝나자마자 이쪽의 대답도 기다리지 않고 출구를 향해 달려갔다.

"자… 잠깐!"

"우리들도 도망쳐요! 그편이 좋을 것 같아요."

아멜리아도 그렇게 말하고 제르가디스의 뒤를 따랐다.

"알았어…."

나는 작게 중얼거리고 두 사람을 따라 달려갔다.

그녀의 직감은 꽤 신뢰도가 높았다. 그리고 제르는 내 실력을 알면서도 '도망치자'고 말한 것이다.

그리고 무엇보다도 두 사람은 내 의사와는 상관없이 이미 달려가고 있었다.

이 상황에서 고집을 부려 이곳에 있을 이유도 없었다.

세 사람은 이윽고 본거지의 출구를 빠져나와 밤의 숲으로 뛰쳐나왔다.

"여기서 드래곤 슬레이브 같은 걸로 본부째 날려버리는 방법도 있는데…."

"됐으니까 달려! 주인공이 없으면 소용없으니까!"

영문을 알 수 없는 소리를 하는 제르가디스.

세 사람은 더욱 속도를 내어 밤의 산길을 내려갔다.

물론 불은 밝히지 않은 상태였기에 위험하기 짝이 없었다.

어쩔 수 없지….

나는 증폭판 레이 윙[翔封界]을 외쳤다.

고속으로 비행하는 술법인데 속도, 중량, 비행 속도의 총합이 술자의 기량과 비례했다. 증폭을 하지 않고 사람을 두 명이나 안고 간다면 달리는 정도의 속도도 나오지 않을 것이다.

아멜리아와 제르를 느닷없이 덥석! 껴안고,

"레이 윙!"

그대로 부웅 하늘로 떴다.

그 순간.

솨악!

한 줄기 은색 빛이 방금 전까지 우리가 있던 장소를 거칠게 휩쓸었다.

"아니?!"

마치 드래곤 로드(황금용)가 뿜어낸 레이저 브레스(Lazer Brea-th)를 연상시켰다.

대체 뭐가 어떻게 된 건지 어두워서 잘 보이지는 않았지만 주위의 나무가 소리를 내면서 쓰러지는 것을 보니 겉만 번드레한 기술은 아닌 모양이다.

빛이 나온 곳은 우리들의 뒤쪽…, 놈들의 본부 쪽이었다. 내가 힐끔 돌아보자 그 입구 근처에 달빛을 받고 무언가가 우뚝 서 있었다.

"정말이네…. 확실히 위험해 보여…."

나는 작게 중얼거리고 더욱 비행 속도를 높여 서둘러 그 장소를 뒤로했다.

"자… 누구부터 이야기할래?"

세 사람이 겨우 한숨을 돌린 것은 마인 마을에 도착한 후의 일이었다.

짐을 숨겨둔 마을 변두리의 건초 창고에 숨어 들어가서 일단은 상황 확인.

"전… 할 이야기가 거의 없어요."

내 물음에 그렇게 대답한 것은 아멜리아였다.

"그때 녀석들에게 붙잡힌 이후로 그 마젠다인가 하는 여자한테 마법을 봉인당하고 쭉 방에 갇혀 있었으니까요.

혹시나 마력이 부활하지 않을까 생각해서 가끔 주문을 외워 확인을 해봤는데 오늘 밤 갑자기 부활했더군요. 그래서 벽을 부쉈는데 놈들과 갑자기 마주쳐서…."

"그래서 안쪽에 싸우고 숨고 그랬구나."

"예."

내 말에 고개를 끄덕이는 그녀.

"잠깐만. 주문을 봉인한다고 했어?

놈들 중에는… 그런 일을 할 수 있는 녀석이 있는 거야?!"

"글쎄…. 그건 잘 모르겠어…."

묻는 제르에게 내가 대답했다.

"몰라…?"

"응…. 아멜리아가 쓰러진 뒤에 제로스인가 하는 신관이…."

"제로스?!"

갑자기 언성을 높이는 제르가디스.

"놈도 와 있는 거야?! 여기에!"

"아… 아는 사이야?!"

"응…. 사실은…."

"아, 잠깐!"

대화가 복잡해지자 옆에서 제동을 건 것은 아멜리아였다.

"이야기의 순서가 엉망진창이에요. 일단 당신 이야기부터 들어보는 게 좋을 것 같군요…. 저기… 제디르가스 씨."

""제르가디스!""

나와 제르의 목소리가 겹쳐졌다.

그는 완전히 지쳐 있었다.

한 마법사의 손에 의해 락 골렘, 블로 데몬과 융합된 자신의 육체를 원래 상태로 되돌리기 위한 여행.

그것은 정처 없는 여정이었다.

—이 몸을 사람으로 되돌릴 수 없겠나?

대체 몇 사람에게 똑같은 질문을 했을까?

"자넨 술을, 난 지금 주스를 마시고 있지?"

예전에 만난 어느 키메라(합성수)의 연구자는 그렇게 말하면서 제르가디스가 들고 있는 술잔 속에 자신이 마시던 주스를 콸콸 부었다.

"지금 나는 컵을 기울인 것만으로도 술과 주스를 혼합시켰네. 하지만 그것을 다시 한번 술과 주스로 나누는 것은… 어쩌면 가능할지도 모르겠지만 그리 쉬운 일은 아닐 걸세.

생물에겐 각각 여러 가지 특징이 있지. 새라면 날개가 있고, 부리가 있고, 체온이 있고… 등등. 하나하나의 생물을 각각 자세히 분류하면 정말 헤아릴 수 없을 만큼 많은 특징이 있다네.

키메라의 제조법이란 둘 이상의 다른 존재에서 각각 공통적인 특징을 찾아내서 그것을 매개로 합성을 하는 것일세.

그래…, 예를 들어 설명하면 물과 기름을 혼합하기 위해 비눗물을 쓰는 것과 비슷해.

만약 그것을 다시 원래대로 되돌리려면 일단 모두 작은 특징별로 분해해서 다시 조립할 수 있을 정도의 기술이 필요하네.

물론 그런 일이 가능하다면 말일세.

가능하다고 해도 그 정도로 고도의 기술이라면 앞으로 100년을 더 기다리든지, 아니면 초인이나 다른 세계의 기술에 의존할 수밖에 없을 거야…."

그래도….

그는 여행을 계속했다.

그리고 어느 순간.

그는 소문을 들었다.

이 세계의 것과는 전혀 다른 키메라의 제조법이 적혀 있는 '사본'이 어딘가에 존재한다는.

단순한 소문에 불과할지도 몰랐다.

하지만 달리 의존할 데도 없어서 그는 그 소문을 캐고 다녔다.

그리고….

마침내 발견했던 것이다. 대대로 '사본'을 관리하고 있던 일족을.

그리고 자신과 마찬가지로 '사본'을 찾고 있던 제로스와도 만나게 되었다.

하지만 역시 같은 목적으로 나타난 크로츠 일당의 손에 의해 소유주는 살해당했고 '사본'은 그들의 손에 떨어지고 말았다….

제르가디스가 이야기한 것은 대략 그러한 내용이었다.

"크로츠 일당이 나타난 탓에 제로스와는 일시적으로 손을 잡았지만…. 크로츠 일당을 해치우면 다음 상대는 제로스야."

제르는 조용한 어조로 말했다.

눈이 완전히 맛이 갔어….

"하…, 하지만 만약 그걸 손에 넣는다 해도… 문제가 해결될 수 있을지는 알 수 없다고. 기대에 찬물을 끼얹는 것 같아 미안하지만.”

내 말에 그는 특별히 화난 기색도 없이,

“그래…. ‘사본’에 적혀 있는 내용이 내가 인간으로 돌아가는 데 별 도움이 안 될지도 모르고 말이지…. 물론 어느 정도 각오는 하고 있어.”

“아니, 내가 말하고 싶은 건 그게 아니야.

제로스는 뭔가 적당한 말로 둘러댔지만 애당초 그 ‘사본’이라는 게 진짜인지 어떤지도 알 수 없잖아.”

“너한테 이야기하지 않았어? 제로스 녀석.”

내 말에 제르는 의외라는 듯한 시선을 보냈다.

“‘사본’의 관리자라는 녀석의 선조는 원래 레티디우스의 대신 관인가 하는 사람이었어.”

레티디우스.

전에도 잠깐 설명한 적 있는데, 국왕이 불사의 몸에 욕심을 낸 덕분에 500년 전에 멸망한 나라이다.

과거의 수도가 있었던 곳은 이곳에서 조금 북쪽이라고 생각하는데….

당시 레티디우스에는 막대한 양의 마법 자료가 모였다고 하며 그것들의 대부분은 소실되거나 어딘가로 흩어졌다고 한다.

“그 선조님이 나라를 버리고 도망칠 때 가지고 나온 것이 그 ‘사본’이었다고 하더군.”

으음…. 그게 만약 정말이라면 사연이 있는 물건이긴 하다….

"레티디우스에서 가지고 나와 자자손손 지키고 있다고 해서 그게 진짜라고 단정할 수만은 없잖아."

계속해서 나는 추궁했다.

'사본'이 가짜라고 단정하는 건 아니지만… 이만큼 큰 소동을 일으켜놓고 '역시 가짜였다'는 결과로 끝난다면 그땐 정말 허무할 것이다.

하지만 내 질문에 제르가디스는 특별한 표정을 보이지 않고,

"지금부터 120년 전쯤에도 지금의 너와 같은 의문을 가진 녀석이 있었다고 해.

당시의 '사본' 관리자였지."

"아, 자신들이 대대로 지켜왔던 것이 과연 진짜인지 아닌지…. 그야 당연히 궁금하겠지, 보통은."

"확인해보는 것은 간단했어. 실제로 사본대로 만들어보면 되었으니까.

결과는… 성공이었어. 하지만 그것은 원인 불명의 폭주를 일으키기 시작했지. 너도 알고 있을 거야."

그는 우울한 한숨을 쉬더니 낮은 목소리로 작게 중얼거렸다.

"자나파. 사일라그의 마수."

이봐….

놀라 할 말을 잃은 나와 아멜리아.

자나파…. 과거에 마법사 협회의 본부가 존재하던 마법 도시 사

일라그 시티를 괴멸시킨 전설의 마수.

대체 어떠한 존재였는지 전혀 기록이 남아 있지 않아서, '사일라그를 멸망시킨 것은 전설의 마수 같은 것이 아니고 마법 실험의 폭주였'는 설을 주장하는 마법사가 있기도 하지만….

"정말이에요? 그게…."

떨리는 목소리로 묻는 아멜리아에게 제르는 작게 어깨를 으쓱하더니,

"글쎄? 하지만 허풍치곤 도가 너무 지나치다고 생각하지 않아?"

그건 그랬다.

상당한 근성이 있든지, 아니면 머리가 어지간히 나쁘지 않은 한 '내 선조가 마을을 하나 박살 낸 장본인입니다'라는 거짓말은 하지 못할 것이다.

"만약 그것이 원 소유주의 허풍이 아니라고 하면… 상황으로 파악해보건대 크로스 일당은…."

"이미 완성했겠지. 자나파 2호를."

반쯤 체념한 어조로 나의 말을 받는 제르가디스.

"설마 이렇게나 빨리 완성할 거라곤 생각지도 못했는데…."

"그래서 '주인공이 없다'고 말한 거였구나."

"그래. 전설에 따르면 그것을 쓰러뜨릴 수 있는 것은 빛의 검의 전사뿐이야. 하지만 정작 그 인물이 없으니."

"포기하기엔 일러요!"

굳세게 주먹을 쥐고 일어선 것은… 말할 것도 없이 아멜리아였다.

"비록 가우리 씨가 없다고 해도 세 사람이 모든 힘을 모은다면!"

"어떻게 될 거라 생각해? 정말로?"

나의 차가운 한 마디에 아멜리아는 잠시 침묵하더니,

"생각 안 해요…."

작은 목소리로 소곤소곤 중얼거린다.

그야 그렇겠지.

"문제는 녀석이 대체 어떤 능력을 가지고 있는가로군."

"생각할 수 있는 가능성은 몇 가지 있어.

아무튼 상대는 마법 도시를 괴멸시킨 녀석이야. 그런 짓을 할 수 있다는 말은…."

나는 손가락을 꼽으면서 말을 이었다.

"첫 번째, 자나파에게 강력한 공격력이 있는 경우.

그것도 반격을 허용하지 않고 순식간에 마을을 소멸시킬 수 있을 정도의.

하지만 그렇다면 빛의 검의 전사가 대항할 수 있을 리가 없어.

아무리 전설의 무기라고 해도 그건 어디까지나 접근전용이거든. '이야아아압!' 하고 느리게 돌진한다 해도 엄청난 공격력으로 한 방에 날려버리면 끝이야.

두 번째는 자나파가 한 마리가 아니었을 가능성.

하지만 이것도 제르가디스가 말한 것처럼 시제품의 폭주라고 하면 있을 수 없는 이야기야. '사본'이 진짜인지 아닌지 확인하기 위해서 자나파를 몇 십 마리 만들었는데 전부 폭주해서 사일라그를 습격했을 거라고는 아무리 그래도 믿기 힘들어.

그리고 세 번째, 자나파에게 공격마법이 전혀 통하지 않았을 경우."

내 말을 두 사람은 그저 묵묵히 듣고 있었다.

"마법사 협회는 본부라는 곳이 있고 마법 도시라는 이름까지 붙어 있는 이상, 드래곤 슬레이브급의 술법을 쓸 수 있는 마법사도 몇 사람은 있었을 거야. 그럼에도 마수를 쓰러뜨리지는 못했어….

그렇다면 생각할 수 있는 것은 자나파에겐 완벽에 가까운 내마(耐魔) 능력이 있다는 것….

이 설을 부정할 만한 요소는 아무것도 없어."

"하지만 마법이 통하지 않는다는 게 대체 무슨 뜻이죠?"

"그걸 알려면 일단 마법이라는 게 무엇인지 생각해야만 하겠지요."

아멜리아의 질문에 대꾸하는 목소리는 전혀 다른 곳에서 들려왔다.

제르는 맘에 안 든다는 듯한 표정을 지었고 아멜리아는 무의식중에 방어 자세를 취했다.

"언제부터 그곳에 있었지? 제로스."

나는 돌아보지도 않고 말했다.

"'세 사람이 모든 힘을 모은다면' 부분부터요."

말하면서 은근슬쩍 내 옆에 앉았다.

"그랬구나….

아, 걱정 마, 아멜리아. 이 사람은 적이 아니니까. 지금은."

"꽤 정확한 표현이로군요."

말하면서 쓴웃음을 짓는 제로스.

"아, 일단은 고맙다고 해둘게. 고마워. 덕분에 술법도 쓸 수 있게 되었어.

그런데 마젠다는 어떻게 했지?"

"해치웠습니다."

쓸데없이 싱글거리는 그 표정을 유지한 채 가벼운 어조로 말했다.

"어떻게요?!"

묻는 아멜리아에게 오른손 검지를 입술에 대더니,

"비밀이에요."

"하지만… 어떻게 이 장소를 알았지?"

"그야 물론…."

그는 내게 시선을 돌리더니,

"당신이 구입하신 탤리스먼의 마력 파동을 단서로 해서죠."

아… 그렇구나….

특수한 마력 파동을 발생시키는 물건이 있는 곳을 마법으로 탐색하기란 그리 어려운 일이 아니었다.

물론… 술자가 탐지해야 할 마력 파동의 패턴을 알지 못하면 무리지만.

"어쨌거나… 아까 이야기하던, 마법이 통하지 않는다는 이야기인데요….

애당초 '마법'이란… 아니, '마'란 대체 무엇일까요?"

"본래 이 세계에는 존재하지 않는 법칙과 힘…."

주저 없이 대답한 것은 아멜리아였다.

제로스는 만족한 듯 고개를 끄덕이더니,

"그렇습니다. 즉 마법이란 원래 아무것도 없는 곳에서 주문에 의해 이 세계의 인과를 일부 어긋나게 해서 힘과 다른 법칙을 만들어내는 것입니다.

이 세계에서 마법 발동은 이 세계와 표리 관계… 아니, 종이 한 장의 위치에 있는 아스트랄(정신세계) 사이드에 주문으로 간섭해서 무언가의 힘을 이끌어내는 것이죠.

땅, 물, 불, 바람의 정령술은 그것을 물리적인 힘으로 구현하는 이상, 물리적인 방어력으로 막는 것도 가능합니다.

하지만 정신 계열의 마법과 흑마법은 공격력의 대부분을 구현하지 않고 아스트랄 사이드에서 직접 상대의 아스트랄을 타격하지요."

"선생님, 질문."

나는 살랑살랑 손을 흔들었다.

"예. 리나 씨."

"가브 플레어[魔龍烈火砲] 같은 것은 불길이 눈으로 보이고, 드래곤 슬레이브는 성이나 산에 직접 날릴 수도 있어요…. 산이나 성에 아스트랄이 있다고는 생각되지 않는데요…."

"으음, 좋은 질문이에요.

드래곤 슬레이브도 술법을 발동시키면 흐릿한 붉은색 빛이 목표물을 향해 날아가는 것이 보이지요?

가브 플레어의 화염, 라그나 블래스트[冥王崩魔陣]의 번개, 드래곤 슬레이브의 붉은 빛, 이것들은 모두 이른바 도화선의 역할을 맡고 있습니다."

"도화선?"

앵무새처럼 되묻는 나.

"그렇습니다. 그것들이 응집, 혹은 무언가에 반응한 그 지점에서 아스트랄 사이드에 응어리져 있던 공격력이 비로소 이 세계에 구현되는 것이죠. 목표물이 생물이 아니라면 그대로, 생물이라면 그 정신 부분을 엉망으로 찢어놓은 후에 나머지 에너지가 이 세계에 구현됩니다.

물론 에르메키아 란스처럼 아스트랄에만 효과가 머무는 술법도 있습니다만."

"한 가지 더 질문."

이번엔 아멜리아.

"예. 아가씨."

"어떻게 그렇게 잘 아는 거지요? 마법사 협회에서도 마법에 관한 본질은 모두 규명되지 않았는데."

"그건….."

"비밀?"

"마법사 협회의 통설만이 마법 이론의 최첨단인 것은 아닙니다 … 라고만 대답해드리죠."

"나도 하나 물어도 괜찮을까?"

넌덜머리난다는 표정을 묻는 제르가디스.

"뭐든지 물어보시죠."

"그런데… 언제 본론으로 들어갈 거지?"

"저기, 그러니까… 자나파에게 공격마법이 통하지 않는 이유 말인데요, 그것은 자나파의 정신이 아스트랄 사이드에서 격리되어 있기 때문입니다….

뭐, 아스트랄 사이드에 자나파의 주위에만 벽 같은 것이 만들어져 있다고 생각하면 되겠지요.

그래서 흑마법 같은 걸로는 공격력의 본체가 자나파까지 도달하지 않는 겁니다.

평범한 정령마법은 공격력이 모두 물리적인 힘으로 작용하지만, 데이모스 드래곤(마왕룡)이나 드래곤 로드(황금룡), 혹은 아크 드래곤(뇌은룡)의 피부 조직을 자나파의 피부 재질로 사용하면 인간이 사용하는 정령마법 따윈 가볍게 튕겨낼 수 있지요."

"으음…."

사실인지, 누군가가 세운 가설인지는 모르겠지만 일단 앞뒤는 맞는 것 같다….

"그럼 역시 빛의 검 같은 무기가 아니면 쓰러뜨릴 수 없다는 말이구나…."

"결국은 가우리 녀석을 찾아내지 않는 한, 섣부른 반격은 할 수 없다는 건가…?"

맘에 안 든다는 어조로 중얼거리는 제르가디스.

"그 가우리 씨를 발견하면 어떻게 되는데요?"

묻는 제로스를 나는 돌아보지도 않고,

"빛의 검을 가지고 있어."

"예…?"

그 말에는 제로스도 꽤 얼빠진 소리를 냈다.

"거짓말이죠?"

"너한테 거짓말해서 뭐하게. 널 유인하기 위해 이런 곳에서 얼쩡대고 있는 게 아니라고."

말하고 나서 나는 한숨을 쉬었다.

빛의 검이 지닌 마력 파동의 패턴만 알 수 있다면 아스트랄 사이드에서 탐색을 할 수도 있겠지만, 유감스럽게도 그 패턴은 알지 못한다.

그건 내가 연구를 게을리 해서가 아니었다.

'연구 좀 하려고 그러니까 빛의 검 좀 줘봐♡'라고 가우리에게 조를 때마다 '가지고 도망칠 우려가 있으니까 거절할래'라며 거절했던 것이다.

묘한 부분에서 날카롭다니깐….

"그런 물건이… 으음… 설마… 하지만… 그렇다면…."

제로스는 잠시 무언가 고시랑고시랑 중얼거리더니 이윽고 갑자기 일어섰다.

"어쨌거나 전 그리 여유를 부릴 수 있는 입장이 아니니까 일단 녀석들의 상태만이라도 살피고 오겠습니다."

빙글 발걸음을 돌리자 갑자기 아멜리아가 뒤쪽에서 로브 자락을 붙잡았다.

"저기… 놔주실 수 없나요?"

"안 돼요."

단호하게 고개를 젓더니,

"당신이 대체 누군인지는 모르지만 상대는 악의 대마수! 섣불리 움직이면 인생이 끝장나요. 실제로 저의 날카로운 육감도 당신을 혼자 보내면 안 된다고 강하게 알리고 있어요!"

제로스는 꽤 난처하다는 표정으로 내 쪽을 돌아보더니,

"어떻게 안 될까요? 이 사람…."

"안 돼."

나는 딱 잘라 대답했다.

"한번 마음먹으면 거기에 목숨을 거는, 정의와 사랑과 진실로

사는 사람이거든….”

"별난 사람이군요….”

"뭐, 그렇지.”

그는 내 쪽을 보고 한 번 고개를 끄덕이더니,

"오호…. 유유상종이었군요….”

나는 그 말에 당황하지 않고 제로스를 척 가리키며 말했다.

"친구.”

"아… 아닙니다! 저는 정상이라고요오오!”

설득력이 전혀 없는 말을 외치는 제로스.

시선을 힐끔 돌려보니 제르가디스는 혼자 무언가 생각하는 척하고 있었다. 하지만 먼 곳을 향하고 있는 시선이 '난 다른 녀석들과는 달리 정상이다!'를 힘차게 주장하고 있었다.

"어… 어쨌거나! 전 갈 겁니다!”

드물게 강한 어조로 그렇게 말하더니 그대로 제로스는 성큼성큼 출구를 향해 걷기 시작했다.

"어…?”

작게 소리를 지르는 아멜리아.

"잠깐, 아멜리아! 어째서 놔준 거야!”

"놔… 놔주지 않았어요!”

말하고 나서 아멜리아는 움켜쥔 형태로 있는 자신의 오른손을 물끄러미 바라보았다.

"에잇! 어쨌거나 내버려둘 순 없어…. 잠깐! 제로스! 거기 서!”

나는 그의 뒤를 쫓았다.

밖으로 나가자 하늘은 이미 밝아오고 있었다.

동쪽 산은 꼭두서닛빛으로 물들어 있다.

"어째서 따라오는 거죠? 여러분…."

걷는 속도를 늦추려 하지도 않고 노골적으로 불만스러운 표정을 지으며 말하는 제로스.

"어째서고 뭐고, 혼자보다 두 사람, 두 사람보다 네 사람. 어느 시대든 마지막에 이기는 것은 다수의 폭력이야."

"근거 없는 설득이로군요….

알겠습니다. 도리가 없지요. 하지만 전 멋대로 갈 테니까 멋대로 따라오시길. 그러면 되지요?"

"오케이."

나는 가볍게 고개를 끄덕였다.

멋대로 결정해버렸지만… 제르도, 아멜리아도 아무 말 없이 따라오는 이상, 이견은 없다고 생각해도 좋을 것이다.

"하지만 혼자서 갈 생각이었다면 어째서 일부러 우리들에게 온 거지?"

"약속했으니까요, 당신과. 이 마을에서 만나자고."

제로스가 대답한 순간.

쾅광!

폭발음이 산 쪽에서 들려왔다.

"당했군요…."

제로스는 여느 때와 다름없는 말투로 중얼거렸다.

우리 네 사람의 눈앞에 펼쳐져 있는 것은 오직 황무지뿐이었다.

놈들의 본거지 근처에서 일어난 폭발에 급히 달려가보니… 이 꼴이었다.

드래곤 슬레이브 같은 것을 썼는지 놈들의 본부는 이미 가루가 되어 날아간 상태였다.

"하지만… 대체 누가 이런 짓을?"

"악은 반드시 망하는 법인 거예요!"

나의 중얼거림에 영문을 알 수 없는 소리를 늘어놓으며 혼자서 납득하는 아멜리아.

"아마 크로츠 씨 일당이 한 짓이겠죠."

이번엔 제로스.

"놈들이?! 어째서?!"

"싸운 흔적이 없으니까요. 전혀 경계를 하지 않고 있을 때 바깥쪽에서 드래곤 슬레이브 같은 것을 날렸다면 이렇게 되었을지도 모르겠습니다만, 당신들의 습격이 있었던 직후에 그렇게 경계를 늦출 리가 없지요.

그렇다면 이 본부를 버리고 다른 곳으로 이동하기 위해 이것저것 흔적이 남아 있는 이곳을 파괴했다고 보는 게 타당할 겁니다."

"잠깐."

기분이 상한 듯한 소리로 말한 것은 제르가디스.

"우리들이 어젯밤 녀석들의 본부를 습격한 걸 어째서 알고 있지?"

"단순한 추리지요."

대답하고 오른손의 손가락을 세우더니,

"첫째, 리나 씨의 이야기에 따르면 녀석들에게 붙잡혀 있어야 할 아멜리아 씨가 함께 있었습니다.

둘째, 당신들이 자나파니 뭐니 하는 이야기를 하고 있었습니다. 좀 더 일찍 재회했다면 지금 그런 이야기를 하고 있을 리 없을 텐데 말이지요.

셋째, 제가 이 마을에 들어왔을 때 산 쪽에서 무언가 빛나는 것이 보였습니다."

"흥…. 하지만 어째서 녀석들이 이런 짓을 할 필요가 있지? 적에게 자나파가 있다면 우리들이 온다고 해도 놈을 써서 해치우면 될 텐데."

"아… 어쩌면….”

나는 무심코 소리를 질렀다.

"아멜리아의 말에 의하면 녀석들은 '어쩔 수 없군. 녀석을 쓰자'고 했어. 자나파로 보이는 그것은 우리들에게 한 번 공격을 날렸을 뿐 추격하지 않았어. 그리고 크로츠가 '사본'을 손에 넣은 시점부터 지금까지 시간이 별로 없었어. 그렇다면….”

"아, 어쩌면⋯!"

소리를 지르는 아멜리아에게 나는 한 번 고개를 끄덕이고,

"아마⋯ 자나파는 아직 미완성일 거야."

"뒤쫓읍시다!"

힘차게 주장한 것은 아멜리아였다.

"어둠의 자식, 지옥의 마수 자나파가 아직 불완전할 때 우리들의 힘으로 사악한 야망을 깨뜨리는 거예요!"

"깨뜨리는 것은 좋지만, 정의의 사도 아가씨, 묻겠는데 놈들은 대체 어디로 도망쳤지?"

"우⋯."

넌덜머리난다는 듯한 제르의 한마디에 할 말을 잃는 그녀.

제로스 쪽에 매달리는 듯한 시선을 보냈다.

"모르나요?"

"몰라요⋯. 만약 리나 씨의 말처럼 자나파가 미완성이라면 다른 어딘가에 있는 아지트로 향했을 겁니다만⋯.

이럴 줄 알았다면 마젠다 씨를 해치우기 전에 물어볼 걸 그랬군요⋯. 다른 아지트의 장소⋯."

"아지트의 장소까진 모르겠지만⋯."

나는 조금 망설이면서도 동남쪽을 가리켰다.

"놈들이 간 곳은 저쪽일 것 같아."

"짚이는 거라도 있어?"

제르가디스의 물음에 나는 힐끔 아멜리아의 안색을 살폈다.

괜찮을까…? 말해도…?

하지만 잠자코 있을 수도 없고….

"어젯밤 난 녀석들의 집회에 다시 한번 숨어들었는데…

그때 크로츠로 생각되는 녀석이 말했어.

세이룬을 박살 내겠다고…."

"뭐라고요오오오오오?!"

아멜리아가 비명에 가까운 소리를 질렀다.

"다른 곳도 아니고 세이룬을 박살 낸다고요?! 아무리 그래도 어떻게 그런 짓을…!

하지만 만약 자나파가 완성되었다고 하면….

이러고 있을 때가 아니에요! 한시라도 빨리 놈들의 뒤를 쫓아가자고요!"

말하고 나서 우리들의 대답을 기다리지도 않고 마을로 향하는 길 쪽으로 빙글 돌아서더니….

그대로 그 자리에 얼어붙었다.

"왜 그래? 아멜리…."

그녀의 시선이 향하는 곳으로 시선을 돌린 나도 마찬가지로 그 자리에서 경직되었다.

그곳에는….

전신에 살기가 감도는 백 명 가까운 마을 사람들의 모습이 있었다.

"아무래도 '신자' 여러분인 것 같군요…."

여느 때와 변함없는 어조로 제로스가 말했다.

"너희들이냐?!"

마을 사람 중 한 사람…. 마흔 남짓으로 보이는 중년 남성이 호통을 치는 듯한 어조로 말했다.

"너희들이렷다! 이렇게 한 게! 크로츠 님은?! 크로츠 님은 대체 어떻게 되었느냐?!"

"이 녀석들! 언젠가 집회를 엉망으로 만든 그 녀석들이다!"

어딘가에서 들려온 다른 한 사람의 외침에 살기가 한층 강해졌다.

"아하, 선동이었군요. 크로츠 씨다운 생각입니다."

쓴웃음을 머금고 중얼거리는 제로스.

아…, 그렇게 된 거였군.

본부를 그처럼 눈에 띄게 폭파시킨 것은 증거를 말소한다는 의미도 있었겠지만, 동시에 여기에 우리들과 신자들을 유인한다는 의미도 있었을 것이다.

그리고 신자들 중에 선동자를 심어놓고 우리들과 분란을 일으킨다.

즉, 신자들을 이용해 우릴 상대로 시간을 벌 작정이다.

"어쩔 수 없군요. 단숨에 해치워버릴까요?"

무서운 말을 표정 하나 바꾸지 않고 중얼거리는 제로스.

"자, 잠깐 기다려!"

황급히 제지하는 나.

제로스는 매우 의아하다는 표정으로.

"왜요? 설마 '이들도 알고 보면 좋은 사람이다'라고 말씀하시는 것은 아니겠지요?"

"'좋은 사람'이라는 종족이 있다면 나도 한번 보고 싶어. 하지만 그게 아니라 넌 이곳에 있는 마을 사람 전부를 죽이려는 기세였거든…."

"그럴 생각인데요?"

너무나 태연한 대답에 나는 한순간 할 말을 잃었다.

"그렇게 하면 우리들은 완전한 대량 학살범이 돼! 상대가 평소엔 죄 없는 마을 사람인 척하는 이상은 말야. 난 그런 건 질색이야."

말하고 있는 사이에도 마을 사람들은 제각각 무언가 멋대로 떠들면서 점점 살기를 부풀리고 있었다.

아직까지 우리들에게 덤빌 근성은 없는 듯했지만 그것도 시간문제일 것이다.

"여긴 그냥 중앙 돌파로 충분할 거야."

제로스는 잠시 눈을 감고 생각하더니,

"그렇군요. 알겠습니다. 그럼 최대한 온건하게 가지요."

말하고 나서 제로스는 주문을 외우면서 신자들 쪽으로 한 발짝 다가갔다.

"뭐… 뭐냐?! 넌?!"

제로스의 오른손이 천천히 허공을 갈랐다.

그 입에서 힘 있는 말이 엮여 나왔다.

뭐라고 했는지는 들리지 않았다.

하지만….

콰아아!

강풍과 무수한 비명이 일었다.

'딤 윈[魔風]'을 파워업 시킨 듯한 기술이었다. 그것도 몇 배 이상으로.

제로스의 주문이 만들어낸 열풍은 늘어서 있는 신자들을 가볍게 날려버려 나무에, 혹은 땅에 내동댕이쳤다.

일진광풍이 불고 지나간 자리에는 사람들의 신음 소리만이 가득했다.

"자, 여러분."

쓰러진 후에도 발버둥치는 신자들에게 제로스는 조용한 목소리로 말했다.

그 표정은 우리들에겐 보이지 않았지만…,

아마 싱글벙글 미소를 띠고 있었을 것이다. 여느 때와 다름없는 미소를.

"가능하면 길을 열어주지 않겠습니까? 싫으시다면 이쪽이 길을 만들겠습니다만."

말이 끝나기도 전에 신자들은 비명에 가까운 신음 소리를 내며 산길 좌우에 있는 수풀 속으로 몸을 감추었다.

그런 거였군…. 온건한 수단이란 게….

"이 정도면 되겠지요?"

말하고 나서 제로스는 내 쪽을 돌아보았다.

여느 때와 다름없는 미소를 띤 채.

일행은 세이룬 쪽으로 향하고 있었다.

하지만 발걸음은 지지부진했다.

마인 마을을 나선 지 오늘로 4일째.

하지만 여전히 크로츠 일당의 자취는 보이지 않았다.

그들의 새로운 아지트가 어디에 있는지 알 수 없는 이상, 섣불리 나아갈 수는 없었다. 알고 보니 훨씬 전에 지나쳤다고 하면 웃을 일도 아니고.

가는 마을마다 소문을 캐면서 주위를 꼼꼼하게 탐색….

하루에 마을 하나가 고작이었지만 그래도 '완벽한 조사'와는 거리가 멀었다.

그렇다고 느긋하게 조사하고 있을 여유도 없었고.

자나파의 완성도가 대체 어느 정도인지는 모르겠지만 무리하면 움직일 수 있을 정도까지 완성되었다고 하면….

이미 완전히 완성되었을 가능성은 충분했다.

하지만 한번 시작한 추적을 이제 와서 접을 수도 없었다.

마수의 정신 구조가 특별한 것이라고 해서 아스트랄 사이드에

서 탐사가 가능하지 않을까 하고 시험해보았지만 그것도 결국 허사로 끝나버렸고…,

내게는 그밖에도 다른 할 일이 있었다.

다시 말해 주문 연구.

탤리스먼으로 증폭되는 술법의 힘을 파악해두지 않으면 안 되는 것은 물론이지만, 그보다도….

세상에는 주문을 외우는 것만으로는 발동하지 않는 술법이라는 것도 존재한다. 주문으로는 완성되어 있음에도.

그 원인으로는 어떤 동작이 필요하다든지 도구나 의식, 경우에 따라선 시기를 맞출 필요가 있기 때문일 수도 있고.

그리고 어쩌면—그저 마력이 부족해서 그럴 경우도 있었다.

예를 들면 제로스가 사용한 블래스트 밤.

실은 나도 '주문으로는 완성되어 있는데 발동하지 않는 것'의 재고를 몇 개 가지고 있었다. 그렇다면 이중 몇 개는 증폭하면 발동하지 않을까?

그래서 나는 크로츠 일당을 뒤쫓는 한편 술법 연구에도 분주했던 것인데….

"어제 그것도 역시 당신이었죠?"

최근 며칠, 아침에 마을을 떠날 때마다 반복되는 질문을 아멜리아는 오늘도 역시 던져왔다.

"에헤헤♡"

나는 혀를 날름 내밀었다.

어젯밤에도 나는 늦은 시각에 홀로 여관을 빠져나와 마을 외곽에 있는 숲에서 공격마법의 실험과 확인 등을 했다.

"'에헤헤'로 끝날 수준이 아니었잖아…."

질렸다는 어조로 말하는 제르가디스.

계속해서 제로스도 생각 없는 쾌활한 얼굴로,

"확실히 어젯밤 그건 조금 과격하긴 했지요. 마을이 발칵 뒤집혔으니.

그런데… 어제는 무엇을 하셨는지?"

"아, 뭐, 여러 가지 해봤는데, 역시 증폭 버전 드래곤 슬레이브는 조금 민폐였나♡ 하는 생각도 들어♡"

스스로 한 짓이긴 해도 설마 갑자기 숲이 통째로 사라질 거라곤 생각지도 못했기에… 당황해서 그 자리에서 도망치고 말았다.

"하지만 이런 매일매일의 노력이 필요할 땐 힘이 되니까 여기선 관대하게 봐달라고."

싱글벙글하며 말하는 나.

"뭐, 우리들로선 그래도 상관없지만…."

갑자기 자리에 멈춰 서더니 제로스가 말했다.

"크로츠 씨 일당은 관대하게 봐주지 않는 모양이군요."

"그것도 노리는 것 중 하나였어."

나도 발을 멈추고 말했다.

제르가디스와 아멜리아도 걸음을 멈추고 전방의 수풀을 노려보았다.

"그러니까, 이미 들켰으니 나오라고."

"호오…, 기척 정도는 읽을 수 있는 모양이군."

내 말에 부응해서 나타난 것은 두 수인이었다. 그중 한쪽은 언뜻 평범해 보이는 워울프. 그리고 다른 한쪽은… 아무리 봐도 브라스 데몬과의 합성수….

크로츠 녀석, 잘도 이런 것만 만들어내는군.

두 마리 모두 첫 대면인 녀석이었지만 크로츠의 수인인 이상, 어지간한 공격마법은 통하지 않으리라 생각하는 게 옳을 것이다.

그러나—

"서… 설마?!"

나는 짐짓 놀란 척해 보였다.

"헤…, 놀란 모양이야, 이 여자."

중얼거린 것은 반마족.

"설마 너희 따위가 단둘이서 우리들을 어떻게 할 수 있다고 생각하는 거야?!"

"뭐… 뭐라고?!"

말하면서 반마족은 등에서 스릉 칼을 뽑았다.

오른손에는 롱 소드. 그리고 왼손에는 쇼트 소드.

워울프 쪽은 아직 검을 손에 들지도 않았다. 그저 묵묵히 나와 반마족의 이야기를 듣고 있을 뿐.

"너희 두 사람만으론 역부족이라고 말하는 거야. 뭐… 우리들의 실력을 모르는 이상, 어쩔 수 없다고 하면 어쩔 수 없지만…. 무능한 상사의 명령인지, 자신의 독자적인 판단인지는 모르겠지만 여기 나타난 것이 불운이라 생각하고 얌전히 당하는 역할에 충실하길 바라겠어."

"흥. 멋대로 지껄여라!"

반마족은 힐끔 제로스 쪽에 시선을 돌리더니,

"조심해야 할 놈은 저기 있는 신관이라고 발그몬 님이 말하지 않았나?"

동료가 동의를 구했지만 워울프는 무뚝뚝한 말투로,

"그랬지. 하지만 다른 녀석이 대단하지 않다고 하신 적은 없다."

"그… 그건 그렇군…."

갑자기 약한 모습을 보이는 반마족.

"확실히 이 신관…, 이 녀석과는 왠지 싸우고 싶지 않아. 그렇다면 다른 녀석들도 방심할 수 없는 녀석이란 뜻인가…?"

여기까지 와서 갑자기 약한 모습을 보일 거면 처음부터 큰소리나 치지 말 것이지….

"하지만 어쨌거나."

반마족은 씨익 웃더니,

"이제 와서 없었던 일로 하고 물러설 수도 없잖아?"

"그건 그래. 너희들에게 새로운 아지트 장소를 묻고 싶기도 하고."

"훗… 물을 수 있다면…."

반마족의 말이 끝나기도 전에….

워울프가 갑자기 나를 향해 돌진했다!

등에 멘 검에는 손도 대지 않고 오른쪽 발톱을 휘둘렀다!

"아니?! 아차…."

이제 와서 뒤로 피한다 해도 도저히 피할 수 있는 공격이 아니었다!

"칫!"

나는 주저 없이 수인에게 부딪쳤다.

쿵!

어떤 무기든 간격과 타이밍만 빗나가면 그 파괴력은 격감한다. 수인의 발톱도 내 등을 망토 위에서 두드리는 수준으로 끝났다.

하지만 문제는 왼쪽 발톱!

─잘못 판단한 건가?!

생각한 순간 수인의 발차기가 내 명치에 작렬했다.

"크윽!"

─이번 건… 좀 셌다.

헛걸음질을 치면서도 겨우 쓰러지는 것만은 면했지만….

돌아보니 워울프와 브로드 소드를 뽑아 든 제르가디스가 서로를 노려보고 있었다.

그렇군…. 거기서 내게 왼쪽 발톱으로 공격을 했다면 비록 나를 쓰러뜨렸다고 해도 다음 순간, 제르에게 당했겠지.

그런 사태를 두려워해서 그냥 나를 걷어찬 걸로 끝낸 거야.

"후욱!"

크게 뒤로 물러나면서 워울프는 비로소 등에 멘 검을 뽑았다.

"칫!"

내친걸음이라 어쩔 수 없이 반마족도 돌격했다. 목표는… 아멜리아!

"파이어 볼!"

그녀가 쏜 빛의 구슬은 정확히 반마족에게 명중했다.

화아악!

폭풍이 반마족의 몸을 날려서 가까이 있는 나무에 내동댕이쳤다. 하지만….

"크… 크흐흐흐…."

천천히 몸을 일으키는 반마족.

"소용없다…. 내 몸에 파이어 볼 따윈…."

"파이어 볼!"

큰소리를 늘어놓는 반마족에게 개의치 않고 그녀의 파이어 볼 제2탄!

콰아아앙!

다시 날아가긴 했지만 역시 천천히 몸을 일으켰다.

"그… 그러니까…."

"다시 한번 파이어 볼!"

콰과광!

"아… 아니, 그러니까…."

비틀비틀 몸을 일으키는 반마족.

아항….

파이어 볼 자체가 상대에게 통하지는 않더라도 날아가서 부딪친 충격은 대미지가 되었다.

"계속해서 파이어 볼!"

콰과과과광!

계속해서 이렇게 주문을 날린다면 반마족 쪽은 전투에 참여하지 못할 것이다.

그렇다면 워울프 하나에 이쪽은 세 사람. 승부는 뻔했다.

수인은 지금 한창 제르가디스와 검을 맞대고 있는 도중.

물론 나도 해설에만 충실할 생각은 없었다. 주문은 이미 완성된 상태였다.

제르가디스와 수인이 크게 떨어진 그 순간.

"에르메키아 란스!"

"칫!"

하지만 워울프는 이 또한 크게 뒤쪽으로 도약해서 피했다.

"역시 아직 얕보고 있었군!"

말이 끝나자마자 그대로 빙글 돌아서더니,

"퇴각이다! 개죽음을 당해봐야 좋아할 사람은 아무도 없어!"

말을 마치고 숲 속으로 달려갔다.

"아… 알았어!"

다소 비틀거리는 발걸음으로 반마족도 그 뒤를 따랐다.

"뒤쫓자!"

외마디 소리를 지르고 수인들을 뒤쫓아 수풀 속으로 뛰어드는 제르가디스.

나와 아멜리아와 제로스, 세 사람도 뒤를 따랐다.

숲 속엔 오솔길조차 나 있지 않았다. 잡초와 우거진 나뭇가지 등으로 더할 나위 없이 움직이기 힘들었지만 수인들도 반마족 쪽에 대미지가 있기 때문인지 속도는 그리 빠르지 않았다. 이곳이 숲 속만 아니라면 간단하게 하늘에서 추격할 수 있을 텐데….

추적은 계속 이어졌다.

언제나 싱글거리는 제로스를 제외한 세 사람의 표정에 슬슬 피로의 기색이 보이기 시작했을 무렵, 수인 두 사람은 겨우 숲을 빠져나갔다.

"이제야 숲이 끝났군…."

투덜거리며 나무 사이에서 뛰쳐나간 제르.

그곳은 어딘가의 마을 입구였다.

수인들은 쏜살같이 마을 안으로 뛰어들었다.

소를 끌던 아저씨와 술래잡기를 하던 아이들이 놀라고 겁에 질린 나머지 비명을 지르며 도망쳤다.

─에잇! 또 성가신 곳으로 도망쳤다!

그 풍채를 보고 숨겨줄 사람 따위 없겠지만 몸을 숨길 곳은 여기저기 있을 테고 뒤쫓는 입장에서 강경한 수단을 쓸 수도 없었다.

그리고 그쪽에선 마을 사람들을 인질로 잡을 수도 있었다.

놈들이 이상한 짓을 벌이기 전에 붙잡고 싶은데….

수인 둘은 마을 한복판의 큰길을 줄곧 내달렸다.

그 뒤를 추격하는 네 사람.

—그리 바람직한 사태라곤 할 수 없었다. 이대로는 현상 유지
는커녕 그대로 놓칠 가능성까지 있었다.

그때….

수인 두 명이 발길을 멈추었다.

우리들도 조금 거리를 두고 멈춰 섰다.

장소는 정확히 마을 중심 부근.

—체념하고 여기서 결판을 낼 생각인가?

"드디어 체념한 모양이지?"

수인들을 척! 가리키며 아멜리아는 드높이 소리쳤다.

"어느 세상에서든 악이 이긴 적은 없어!"

"흥…. 넷이서 두 사람을 쫓아와놓고 뭐가 정의야…. 단순한 약
자 괴롭히기잖아."

반마족의 꽤 날카로운 지적에도 아멜리아는 털끝만큼도 동요
하지 않고,

"아니! 이것이 우정의 힘! 단결의 힘이야!"

스스럼없이 되받아쳤다.

무심코 딴 곳으로 시선을 돌리는 그 밖의 세 사람.

"뭐, 좋을 대로 지껄여라. 어쨌거나 우리들도 슬슬 도망치는 것

에 싫증났으니까. 여기서 결판을 내도록 하지….”

내 등에 한순간 안 좋은 예감이 일었다.

“바라는 바야!”

힘주어 대답하는 아멜리아.

반마족은 씨익 기분 나쁜 미소를 짓더니,

“들었지?! 얘들아!”

큰 소리를 지른 그 순간.

앗!

제로스를 제외한 우리 세 사람은 작게 신음 소리를 냈다.

건물과 포장마차, 짐마차 그늘에서 무언가 우글우글 나왔다.

대충 봐도 스물 가까운 수인들이 우리들의 주위를 포위했다.

“함정이었군….”

쓸쓸한 어조로 중얼거리는 제르가디스.

“그런 셈이지.”

대답한 것은 역시 반마족.

“크로츠 님도 너희들의 힘 정도는 파악하고 계신다…. 무엇보다도 힘만으로는 다섯 손가락 안에 드는 베두르와 길파 콤비를 쓰러뜨렸거든. 그런 녀석들을 상대로 둘이서 이길 수 있을 리가 없지.”

역시… 우리들을 이곳까지 유인하기 위한 미끼였나…?

뭐, ‘역시’라고 예상했다는 듯 말하고는 있지만 내가 눈치챈 것은 수인 두 명이 마을 한복판에 멈춰 섰을 때였으니까 손쓰기엔 이미 늦은 때였지만.

　이미 길은 수인들로 넘치고 있었다. 베두르와 길파 콤비보다 약한 녀석들이라고는 해도 이 정도 숫자를 상대하기란 상당히 힘든 일이었다.

　마을 안이 아니고 적과 거리라도 어느 정도 떨어져 있다면 드래곤 슬레이브라도 한 방 날려줄 수 있겠지만…. 아무래도 적은 이쪽의 주력이 마법인 걸 알고 이런 곳까지 유인한 듯했다.

　여기서 백병전을 벌인다면 제르가디스는 검을 꽤 잘 쓰고, 나도 적의 공격을 어떻게든 피할 수는 있겠지만….

　제로스의 무기는 지팡이 하나뿐이고 아멜리아는 심지어 맨손이다.

　"뭐, 우리들과 맞서게 된 것이 불운이라 생각하고 포기해라. 미안하지만."

　들은 기억이 있는 목소리에 나는 무심코 뒤를 돌아보았다.

　역시나 수인이었지만 다른 수인들보다 키가 머리 하나는 더 컸다.

　사람과 호랑이의 합성인 듯한데 얼굴을 뒤덮은 털은 은색으로 빛나고 있었다.

　—백호?!

　마찬가지로 은색을 내는 이상한 디자인의 플레이트 메일을 입고 손에는 큼직한 배틀 액스(Battle Axe)를 들고 있었다.

　"듀크리스라고 했었지?"

내 말에 그는 잠시 멍한 표정을 짓더니,

"아… 그 목소리는…. 그때 그 아이였나?"

당황하는 표정을 지으며 왼손으로 가볍게 머리를 긁적이더니,

"그랬군. 그랬어…. 그랬었군…. 아니… 하지만 여자였을 줄이 야…. 허 참…."

"듀크리스 씨, 긴장을 풀지 마세요."

항의하는 목소리를 내는 반마족에게 그는 느긋한 어조로,

"뭐, 어때. 어떻게 되는 것도 아니고…. 하지만 이래선 싸우기 곤란하게 됐군…. 한번 긴장이 풀리니…."

계속해서 머리를 벅벅 긁었다.

"아는 사이예요? 리나."

"설명은 나중에 할게."

아멜리아의 물음에 짧게 대답하는 나.

"하나만 말해줘."

나는 듀크리스에게 물었다.

"너희들은 어째서 그렇게까지 크로츠를 따르는 거지? 인간의 몸을 버리면서까지. 마왕을 믿고 마수를 부활시키고 세계를 엉망 으로 만들지도 모르는 남자인데!"

"아가씨는 모르겠지…."

듀크리스는 서글픈 목소리로 중얼거렸다.

"우리들은…, 이곳에 있는 녀석들의 대부분은 한 번은 죽을 뻔 한 녀석들뿐이야.

나를 예로 들면 동료에게 버림받고 죽을 뻔한 유랑 용병이었지. 상처를 입고 죽을 뻔한 상태에서 구해준 것이 크로츠 씨였어. 합성이라는 수단을 써서였지만."

　"그렇군요. 그렇게 해서 자신의 수하를 늘려갔던 거였군요."

　태연하게 매정한 말을 하는 제로스.

　하지만 듀크리스는 화를 내지 않고,

　"알고 있어. 결국 난 여기서도 이용당하기만 한다는 것을.

　하지만 이제 나에게 여기 말고 갈 곳은 어디에도 없어.

　아마… 다른 녀석들도 비슷한 처지겠지. 아무도 그런 말은 하지 않지만."

　"쉽게 말해 어찌 됐든 싸울 수밖에 없다는 건가?"

　제르가디스는 이미 브로드 소드를 뽑아 든 상태였다.

　"제로스."

　나는 옆에 서 있는 그에게 살짝 귓속말을 했다.

　"너무 과격한 짓은 하지 마."

　"과격하지만 않으면 되는 거죠?"

　그렇게 반문하자 그는 잠시 생각했다.

　"가능하면 죽은 척이라도 해주었으면 좋겠는데…."

　"시작하자. 여기에서 이야기를 해봤자 시간 낭비일 뿐이니까…
…."

　듀크리스는 지친 듯한 어조로 말했다.

"간다!"

먼저 움직인 것은 반마족이었다. 좀 전의 복수를 하려는지 아멜리아를 향해 질주했다.

그 앞을 막고 나서는 제르가디스.

아멜리아는 주문 영창에 들어갔다.

이 주문은… 라 틸트[崩靈裂]?!

효과는 적 하나에게만 미치지만 그 위력은 필살. 브라스 데몬 같은 상대조차 한 방에 보낼 수 있는 주문이었다.

지금 상황에선 확실히 한 마리씩 해치우는 것 외엔 방법이 없긴 했다.

다른 여러 마리가 역시 아멜리아를 향해 다가갔다.

나는 주문을 외우면서 허리에 찬 쇼트 소드를 뽑아 들고 마찬가지로 아멜리아를 지원하기 위해 나섰다.

그리고 듀크리스가 움직였다.

촤악.

작은 소리와 함께 은색 투구가 그의 머리를 완전히 뒤덮었다. 등에 메는 방식의 투구인 듯하다.

배틀 액스를 한 손으로 가볍게 들고 미끄러지는 듯한 속도로 돌진했다.

쨍!

반마족의 롱 소드와 제르가디스의 브로드 소드가 정면으로 불꽃을 튀겼다.

"잡았다!"

소리를 지르면서 반마족이 왼손으로 휘두른 쇼트 소드의 일격을 제르가디스는 왼쪽 손바닥으로 막았다!

"아니?!"

놀라 소리치는 반마족.

한편 듀크리스와 다른 수인 여럿도 각각 다른 쪽에서 이쪽을 향해 돌진했다.

어느 한쪽은 술법, 어느 한쪽은 검으로 견제해야 하는데….

역시 듀크리스의 거구와 배틀 액스를 검으로 어떻게 할 만한 자신은 없었다.

"에르메키아 란스!"

나는 일단 듀크리스를 향해 술법을 쏘았다.

아무리 크로츠의 수인이라고 해도 이것을 정통으로 맞고 싶은 생각은 없을 것이다. 듀크리스가 피하는 틈에 아멜리아 쪽으로 향하는 다른 수인들을 검으로 견제할 생각이었다.

하지만….

듀크리스는 피하려고 하지 않았다.

파앗!

에르메키아 란스가 정확히 명중했지만 쓰러지지 않고 그대로 돌진했다!

예상했던 것과는 다르잖아!

"아멜리아! 제르! 피해!"

나로선 외치고 몸을 피하는 것이 고작이었다.

"뭐야?!"

황급히 검을 거두고 피하는 제르가디스. 그리고 아멜리아는….

아직 움직이지 않고 있었다.

"아멜리아!"

"죽어라!"

다른 쪽에서 돌진한 수인들이 아멜리아를 향해 검을 내리쳤다!

그 순간.

아멜리아가 움직였다.

사뿐히 몸을 날리더니 눈 깜짝할 사이에 수인의 뒤쪽으로 돌아

갔다.

―빠르다!

이어지는 동작으로 뒤차기를 수인에게 날렸다.

"우옷?!"

발차기의 위력은 그리 대단해 보이지 않았지만 수인들에겐 달

려온 기세가 있었기에 균형이 무너진 채 듀크리스 쪽으로 부딪쳤

다.

뭐야…. 무술을 제법 하잖아… 아멜리아….

"이크크! 방심하지 말라고 했잖아!"

듀크리스는 비어 있는 손으로 돌진한 수인들을 가볍게 받아 안

았다.

그 순간 아멜리아의 주문이 완성되었다!

"라 틸트!"

힘 있는 말과 동시에 듀크리스의 몸을 푸른 불기둥이 감쌌다!

그가 이 공격 부대의 우두머리라는 점을 알고 제일 먼저 공격한 것이리라.

이윽고 푸른 불기둥은 후욱 사라졌다.

방금 일격으로 듀크리스는 숨이 끊어졌어야 정상이었다.

하지만….

"호오…. 꽤 대단한걸."

매우 태연한 듀크리스의 목소리.

"말도 안 돼…!"

할 말을 잃는 나와 아멜리아.

"놀랄 것 없어. 크로츠 씨에게서 받은 이 갑주 덕분이니까."

듀크리스는 말했다.

"봉마장갑 자나파 말이야."

4. 백은의 마수, 다시 부활하다

"자…."

다시 할 말을 잃은 우리들.

다… 다른 것도 아니고 봉마장갑 자나파?!

"잠깐, 제르! 이거 이야기가 다르잖아!"

"나한테 물어봤자 몰라!"

그건 그렇지만….

하지만 듀크리스의 말대로 '자나파'가 단순히 주문을 튕겨내는 방어 갑옷이라고 하면 오히려 우리에겐 잘된 일이었다. 대처할 방법은 얼마든지 있었으니까.

어쨌거나 지금은 일단 싸울 수 있는 만큼 싸울 수밖에 없다!

듀크리스를 해치울 수는 없다 해도 다른 녀석들을 해치우고 이 상황을 돌파하는 정도는 가능할 터.

제로스가 좀 더 활약해주면 어떻게 될 것 같긴 한데….

물론 지금도 그는 충분히 활약하고 있었다.

싸움이 시작된 시점에서 "우와"니 "나 죽네. 이러다 죽겠네"니, 상대를 바보 취급하는 소리를 지르면서 수인들이 휘두른 검을 매번 너무나 쉽게 피해내고 있었다.

그것을 여느 때처럼 싱글벙글하는 얼굴로 해치우고 있으니 수인들로선 열이 뻗칠 수밖에.

"닥쳐! 우릴 바보 취급하다니!"

"움직이지 마! 가만히 있어! 제발 죽이게 해줘!"

제각각 욕설을 퍼부으며 잔뜩 골이 난 채로 제로스에게 덤벼들었다.

그 숫자가 대략 열 안팎.

모든 전력의 반수 이상을 혼자서 떠맡고 있는 셈이니 결코 도움이 되지 않는 것은 아니었지만….

그렇다고 해서 '상관없으니까 해치워버려!'라고 말한다면 이 남자의 성격으로 보건대 수인들을 이 마을과 함께 날려버릴 것이다.

어쩔 수 없이 여기선 열심히 피하기나 하라고 할 수밖에….

그건 그렇고 저 많은 수인들의 공격을 가볍게 피해내는 제로스의 체술…. 그야말로 경이롭다고 해도 좋을 수준이었다. 하지만 느긋하게 관찰하고 있을 틈은 나에게 없었다.

제로스에 비하면 낮지만 이쪽도 전력 차는 대략 1대3. 게다가 상대 중에는 봉마장갑을 착용한 듀크리스도 있었다.

"사악!"

곤충 머리를 한 수인이 나를 향해 검을 내리쳤다.

"얍!"

쇼트 소드로 막았다.

이 녀석들의 실력은 역시 베두르에 비하면 상당히 떨어졌다.

검을 써서 1대1로 싸운다면 나와 거의 호각인 정도일까?

수인은 그대로 검을 밀어붙였다.

나로선 검을 떼고 간격을 벌리고 싶었지만 내가 물러나면 그쪽은 그만큼 전진했다.

그리고….

슈욱!

수인의 옆구리 부근에서 갑자기 또 한 쌍의 손이 뻗어 나왔다. 그 손에는 작은 칼!

"에잇!"

나는 수인의 명치를 걷어차고 그 반동으로 크게 뒤로 도약해서 착지했다.

—그때 수인이 들고 있던 나이프가 내 오른발을 가볍게 베었다. 움직이는 데 그리 큰 지장은 없었지만 역시 조금 아팠다.

계속해서 공격하는 다른 수인의 일격을 피하면서 나는 주문을 외웠다.

"어림없다!"

또 다른 녀석이 끈질기게 공격했다.

으아아아아아! 짜증!

철퍽!

꽤 요란한 소리를 내며 그 녀석은 땅바닥에 쓰러졌다.

—아멜리아!

그녀의 발이 정통으로 수인의 얼굴을 걷어찼던 것이다.

나는 엄지를 세워 그녀에게 인사를 한 다음, 다 외운 주문을 해방했다.

"부 부라이마[靈呪法]!"

구궁!

대지가 요동치더니 크게 불룩 부풀어 올랐다.

모인 토사는 이윽고 형태를 바꾸었고….

골렘 한 마리가 그곳에 만들어졌다.

땅의 정령에게 명해서 흙을 사람의 형태로 만들고 주위를 부유하는 저급령을 빙의시켜 조종하는 술법이었다.

키는 수인의 두 배 정도.

"우왓?!"

당황하는 수인들.

"가라! 골렘!"

콰득.

바위가 부딪치는 소리를 내며 가까이 있던 수인 한 마리를 주먹으로 내리쳤다.

우직.

아무리 수인이라 해도 한 주먹에 뻗었다. 물론 그 후 꿈쩍도 하지 않았다.

일단 한 명.

"흥! 대단한 힘이군!"

전력으로 골렘을 향해 돌격하는 듀크리스.

"힘내라! 골렘!"

콰득.

나의 지령(?)에 부응해서 골렘은 듀크리스를 주먹으로 내리쳤다.

"하지만… 너무 늦어!"

퍼억.

배틀 액스의 일격이 급조된 골렘을 너무나 간단히 박살 냈다.

엄청난 힘이다…. 이 녀석….

그 듀크리스를 향해 제르가디스가 맹렬하게 돌진했다.

무모해!

하지만 듀크리스와 칼이 부딪치기 직전, 그는 크게 옆으로 도약했다.

달리는 기세는 죽이지 않은 채 듀크리스의 옆을 스쳐 지나가 그 뒤에 있는 반마족을 향해 돌진했다.

듀크리스에게 달려간 것은 페인트였나?

"뻔한 수작을!"

비웃으면서 제르를 상대하기 위해 검을 치켜드는 반마족.

하지만….

"라 틸트!"

제르의 외침과 함께 반마족의 몸을 푸른 불기둥이 감쌌다.

무너지는 반마족의 옆을 지나쳐서 그 뒤에 있던 수인을 공격하는 제르가디스.

"우옷?!"

수인은 그때가 되도록 강 건너 불구경이나 하듯 있었기에 대처할 수 없었다. 그래도 어찌 됐든 막으려고 검을 내밀었지만 일격에 튕겨나가고 두 번째 공격에 허무하게 쓰러졌다.

이걸로 세 명!

나는 이미 다음 주문의 영창에 들어가 있었다.

그때 다시 덮쳐오는 곤충인간.

—끈질기네. 정말!

다시 검으로 막고 이번엔 받아넘기는 형식으로 발을 건 다음 서둘러 뒤쪽으로 피했다.

콰앙!

순간 비틀거리던 곤충인간에게 아멜리아의 라 틸트가 작렬했다.

가까스로 네 명.

하지만 그때까지 제로스와 옥신각신하고 있던 무리 중 몇 명이 우리들이 싸우는 모습을 보고 이쪽으로 달려왔다.

아무리 그래도 힘들다고…. 이래선.

그리고….

"후욱!"

듀크리스의 돌려차기를 아멜리아는 뒤쪽으로 가볍게 도약해서 피했다. 하지만….

파직!

그대로 튕겨 날아가서 바닥을 굴렀다.

—꼬리?!

돌려차기를 피한 찰나, 수인의 것인지 '자나파'의 것인지는 모르겠지만, 꼬리가 그녀의 몸을 정통으로 가격했던 것이다.

몸을 일으키긴 했지만 방금 공격은 꽤 타격이 큰 듯 보였다.

듀크리스가 배틀 액스를 치켜든다.

그 뒤쪽에서 말없이 육박하는 제르가디스.

"훗!"

한 번의 동작으로 돌아서더니 듀크리스가 배틀 액스를 휘둘렀다!

카앙!

날카로운 금속성과 함께 제르의 브로드 소드가 부러져 날아갔다.

이런. 상당히 불리하다.

이렇게 된 이상 어떻게든 듀크리스의 허를 찔러 그것을 사용해 볼까?!

탤리스먼의 도움으로 쓸 수 있게 된 주문인데 아직 여러 가지로 문제가 있다.

무엇보다도 듀크리스에게 닿지 않으면 무의미하긴 하지만.

"칫!"

내가 한순간 망설임을 보이고 있을 때 제르가디스는 작게 소리를 지르고 아까 라 틸트로 해치운 반마족을 향해 달려갔다.

반마족이 들고 있던 검을 주울 생각인 듯한데….

"어림없다!"

워울프 타입의 수인이 그의 앞을 막았다.

제르가디스는 수인이 내리친 검을, 부러진 검의 손잡이 부분으로 간신히 막아냈다.

어떻게든 도우러 가고 싶은 형국이었지만 나와 아멜리아는 다른 수인들을 상대하기에도 벅찼다.

그때 제르의 뒤쪽에서 육박하는 듀크리스!

"제르!"

제르가디스도 뒤쪽에서 육박하는 수인의 존재를 알고 있는 것 같았지만 움직이지 못하는 형국인 듯했다.

위험하다!

배틀 액스가 바람을 갈랐다!

지직!

"우웃?!"

처음으로….

듀크리스의 거구가 크게 뒤로 물러났다.

들고 있는 배틀 액스는 자루 부분에서 절단되어 단순한 막대기로 전락해버렸다.

"뭐냐?!"

놀라 소리를 지른 그 순간, 제르와 맞서고 있던 워울프도 한 줄기 빛에 몸을 베여 털썩 땅에 쓰러졌다.

"이번엔 꽤 느긋하게 등장하셨군."

"나도 가끔은 멋진 역할을 차지하고 싶어서 말이지."

쓴웃음을 짓고 말하는 제르가디스에게 가우리는 자신만만한 미소를 띠었다.

"간다!"

가우리가 도약했다. 듀크리스를 향해.

손에 든 검은 이미 '빛의 검' 상태였다.

"치잇!"

조바심을 내는 소리를 지르며 듀크리스는 더욱 뒤로 물러섰다.

가우리는 뒤쫓지 않았다.

돌연 진로를 변경하더니 가까이 있던 다른 수인들을 공격했다.

―전황은 일변했다.

가우리의 솜씨도 솜씨지만 무엇보다도 무기가 빛의 검이라는 게 컸다. 섣불리 검으로 막으려고 했다간 들고 있는 검과 함께 두 동강.

지금까지 등장하지 못했던 울분을 단숨에 분출시키려는 듯 마구잡이로 베었다.

"멋대로 날뛰는군!"

원래는 배틀 액스였던 막대기를 집어 던지며 듀크리스가 외쳤다.

오른손을 높이 쳐들자….

부웅!

쥐고 있던 주먹에서 만들어지는 한 줄기 빛.

설마… 빛의 검?!

듀크리스가 만들어낸 그것은 틀림없는 빛의 다발이었다.

"하지만 그것도 이제 끝이다!"

가우리를 향해 돌진했다.

수인의 빛의 검이 바람을 갈랐다!

두 개의 빛의 검이 정면으로 충돌했다!

파지직!

"아니?!"

다음 순간.

너무나 간단히 흩어져버린 것은 듀크리스의 빛의 검이었다.

그대로 가우리의 빛의 검은 듀크리스의 오른손과 동체를 베어 버렸다.

—결판은 이때 났다.

듀크리스를 잃은 나머지 수인들은 허약했다.

하나씩, 또 하나씩 차례차례 쓰러졌고 결국 몇 마리가 도망친 게 고작이었다.

그 뒤에 남은 것은 수많은 수인들의 시체….

그중 몇에겐 아직 숨이 붙어 있었다.

예를 들면… 듀크리스.

오른팔을 잃고 배를 반쯤 베인 후에도 아직 간신히 숨은 붙어 있었다.

무릎을 꿇은 상태였지만.

"뭐지… 저 무기는…?"

시선은 내 쪽을 향하고 있었다.

"저게… 전설의 빛의 검이야."

내가 대답하자 수인은 희미한 미소를 띠었다.

"그렇군…. 자나파가 있으니… 빛의 검이 있다 해도 이상할 것은 없겠지….

하지만… 정말 대단한 무기군…. '빛'까지 잘라버리다니…. 이래선 거의 사기 수준이야…."

말하고 나서 피를 울컥 토했다.

"갈 거지? 크로츠 씨가 있는 곳으로."

"응."

나는 고개를 끄덕였다.

"속임수에 걸려들었구나…. 새 아지트는 마인 마을의 남쪽… 호수 건너편에 있다…. 지름길이 있어서… 우리가 먼저 올 수 있었지…."

"어째서… 가르쳐주는 거지?"

"나도 모르겠어…. 아마 네가 마음에 들어서겠지…."

다시 듀크리스는 피를 토했다. 그 눈동자에선 빛이 꺼져가고 있었다.

"하지만…… 조심해라…. 그로우즈의… 자나파는… 나보다도 ….."

—쿠웅.

무거운 소리를 내며 그는 그 자리에 쓰러졌다.

그것이 수인 듀크리스의 최후였다.

"아는 사이… 였나요?"

"으응."

아멜리아의 물음에 나는 모호하게 대답했다.

하지만… 그의 마지막 말.

그로우즈의 자나파.

자나파 타입이 또 하나 존재한다는 건가?!

듀크리스보다… 어떻다는 거지?

그런 생각을 내가 하고 있을 때….

"어쨌거나 무사한 것 같구나."

가우리가 내 머리에 손을 얹은 그 순간.

퍼어억

내 어퍼컷이 그대로 그의 턱에 작렬했다.

"무… 무슨 짓이야. 갑자기?!"

"뭐가 갑자기야…! 참 나…. 대체 지금까지 어디를 싸돌아다니고 있었던 거야! 넌?!"

"어… 어디를… 이라니. 너하고 아멜리아를 찾아서…."

"호오오오. 그럼 묻겠는데."

나는 성큼성큼 가우리에게 다가가서.

"우리들과 헤어진 장소라든지 놈의 본거지가 있는 마인 마을이라면 모르겠는데 어째서 이런 외딴 곳에 갑자기 나타난 거지?"

"아! 맞다!"

내 말에 별안간 손을 탁 치는 가우리.

"뭐가 '맞다'야?"

"마인 마을이었어…! 그 후 겨우 수인들을 따돌리고 도망쳤는데 주위를 찾아봐도 너희들의 모습이 보이지 않더라고.

어쩔 수 없이 일단 놈들의 본부가 있던 마을로 돌아가려 했는데…

아, 그게, 마을 이름도, 장소도 까먹어서 그만 이런 곳까지…."

찰싹!

나는 손에 든 슬리퍼로 가우리의 머리를 강타했다.

"그런 말도 안 되는 이유로 길을 잃었단 말야? 덕분에 우리들은 얼마나 고생했는데!"

"자! 잠깐 기다려!"

"변명을 하려 해도 소용없어!"

"그게 아니고! 그 슬리퍼는 대체 어디서 난 거야?!"

"품속에서 꺼냈어!"

"어… 어째서 그런 게 그런 데에…?"

"이런 일이 있을까 해서 얼마 전에 여관에서 슬쩍했다! 왜!"

"이… 이런 일이라니… 대체….”

한순간 찾아온 침묵에 옆에서 아멜리아가 끼어들었다.

"리나! 한가하게 부부싸움이나 하고 있을 때가 아니에요!"

"누… 누가 부부싸움이야?!"

"아까 그 수인이 죽기 전에 '아지트는 마인 마을에 있다'고 했잖아요!"

"으… 응. 분명 남쪽 호수 건너편이라고….”

"아하. 그곳이었군요.”

목소리는 제로스의 것이었다.

그는 우리들을 향해 꾸벅 인사를 하더니,

"그럼 슬슬… 여러분과는 작별해야 할 것 같군요.”

"왜요?!"

묻는 아멜리아에게 여느 때와 다름없는 미소를 보내더니,

"착각하지 마시길.

저는 제르가디스 씨와 달리 당신들과 '적이 아닐 뿐'입니다.

지금까지는 크로츠 씨 일당의 전력도 상당히 강했고 새로운 아지트의 장소도 몰랐지요.

하지만 이렇게 된 이상, 원래 저의 목적은 제르가디스 씨와 마찬가지로 '사본'입니다.

전 '사본'을 제르가디스 씨에게 양보할 생각이 없고 당신들도 저에게 양보할 생각은 없지 않나요?"

"쓰여 있는 내용에 따라 다르지만."

언짢은 어조로 답하는 제르가디스.

그 말을 듣고 제로스는 왠지 만족스럽게 고개를 끄덕이더니,

"다시 말해 당신들과 저는 '경쟁 상대'가 된 셈입니다. 그렇다고 하면 무의미하게 함께 행동하며 친해지지 않는 편이 좋겠지요."

우리들이 아무 말도 하지 않자 소극적인 긍정이라고 받아들였는지,

"그럼 전 이만."

말을 마치자 빙글 발걸음을 돌리더니 멍해 있는 우리들에겐 전혀 개의치 않고 길모퉁이를 돌아 사라졌다.

"자… 잠깐!"

무심코 나는 뒤를 쫓다가….

모퉁이에서 멈춰 섰다.

이미 그곳에 검은 신관의 모습은 없었다.

"어쩌면… 녀석이 가장 무서운 상대일지도 모르겠군…."

뒤쪽에서 제르가 작게 중얼거렸다.

일행이 마인 마을에 돌아온 것은 그로부터 이틀 후의 일이었다.

크로츠 일당에 비해 도합 6일이나 뒤처진 셈이었다.

하지만 이번엔 '빛의 검'을 들고 있는 가우리가 있다.

"문제는 어떻게 공략할까 하는 거야."

크로츠 일당의 아지트를 앞에 두고 수풀 속에서 작전 회의.

듀크리스가 마지막에 남긴 말대로 마인 마을 남쪽에 펼쳐진 호수 근처에 묻혀 있는 유적 같은 것이 보였다.

이곳 역시 레티디우스 시대의 유물로 보였다.

주위에 보초로 보이는 사람의 모습은 보이지 않았다.

함정인지 아니면 그저 방심하고 있는 것인지.

"물론 지금 크로츠 일당의 전력이 격감해 있긴 해."

제르가디스가 낮은 목소리로 말했다.

"하지만 그래서 무언가 함정이 있을 가능성이 더욱 커. 보초 한 명 안 보인다는 것도 맘에 걸리고."

"그래도 어쨌거나 갈 수밖에 없잖아."

뜬금없는 발언은 물론 가우리.

"그야 그렇지만….

아! 이런 건 어떨까?!

먼저 가우리가 죽을 각오로 혼자 돌진하는 거야. 시간이 지난 후에 가우리가 나오지 않으면 모두 함께 저곳을 향해 드래곤 슬레이브 같은 걸 날리는 거지."

"좋은데? 그거."

"나도 이의는 없어."

"나, 울 거다…. 너희들…."

물론 반은 농담이었지만.

"하지만 실내에선 그리 큰 공격마법은 쓸 수 없으니…."

문득 나는 말을 중단했다.

다음 순간.

콰과과광!

별안간 작렬하는 파이어 볼.

물론 그때 이미 우리 네 사람은 제각각 흩어진 상태였다.

파이어 볼이 날아온 쪽을 살펴보자 붉은 로브 차림의 남자가 다섯 명 있었다. 그중 넷은 수인, 나머지 한 사람은….

"너희들이 멋대로 까불게 놔둘 순 없다. 안됐지만."

"드디어 나왔구나! 악의 부교주!"

낭랑하게 울려 퍼지는 아멜리아의 목소리.

"인간에게 정의와 악은 없다. 있는 것은 강한가, 약한가일 뿐. 너희들 같은 속물들은 모르겠지만."

말을 마치고 발그몬은 달리기 시작했다.

목표는… 가우리?!

제정신이야? 이 아저씨.

슈욱!

은색 빛이 뿜어 나왔다.

그것도 세 개가 거의 동시에.

"우옷?!"

소리를 지르고 뒤로 물러선 것은… 놀랍게도 가우리 쪽이었다.

믿을 수 없는 광경이었다.

하지만 발그몬이 휘두른 좌우 두 개의 검에 가우리가 갑자기 수

세에 몰린 것도 사실이었다.

이 녀석… 마법사가 아니었던 거야?!

그러고 보니 짚이는 구석이 있긴 했다.

"듀크리스가 실패했다는 보고가 방금 도착했다!"

발그몬은 소리를 질렀다.

물론 가우리와 칼을 맞댄 상태였다.

"녀석이 이 장소를 가르쳐주었다는 것도, 그리고 네가 위험한 칼을 가지고 있다는 것도 말야!

하지만 그것도 뽑을 틈을 주지 않고 해치워버리면 끝나는 일!"

─발그몬의 기량이 엄청나긴 했다.

솔직히 말해 나로선 도저히 대적할 수 있을 것처럼 보이지 않았다. 가우리의 검 솜씨도 초인적이긴 하지만 그런 그가 거리를 벌릴 틈도 주지 않았다.

어떻게든 도와주고 싶은 형국이었지만 우리 세 사람도 이미 수인 네 명과 교전을 벌이고 있었다.

그렇지 않더라도 가우리가 고전할 정도의 싸움에 무턱대고 끼어드는 것도….

─아니! 방법은 있다!

"제르! 아멜리아!"

덤벼오는 수인의 검을 쇼트 소드로 튕겨내며 나는 소리를 질렀다.

"잠시 시간 좀 벌어줘! 이렇게 된 이상, 드래곤 슬레이브로 놈들의 아지트를 날려버릴 테니까!"

"뭐! 뭐라고?!"

역시나 동요하는 발그몬. 그 한순간의 틈을 타서 가우리가 크게 뒤로 물러섰다.

하지만 그때.

콰광!

잘못 들을 리 없는 폭발음이 놈들의 아지트 안쪽에서 울려 퍼졌다.

"무… 무슨 일이지?!"

당황해서 가우리로부터 떨어지는 발그몬. 우리들의 얼굴을 주욱 바라보더니,

"놈은?! 그 신관은 어디 있느냐…?! 빌어먹을…. 그렇게 된 거였군!"

혼자서 멋대로 납득하더니 서둘러 아지트 쪽으로 달려갔다.

"바… 발그몬 님?!"

당황해서 그 뒤를 쫓는 수인들.

근성 없는 것들…

물론 그쪽이 우리에게는 편하지만.

"가자!"

제르의 말을 신호로 삼아 네 사람은 발그몬의 뒤를 쫓았다.

"제로스였군."

입구를 통과한 순간, 제르가디스는 내뱉듯 중얼거렸다.

발치에 구르고 있는 것은 수인의 시체 한 구.

보초로 보이는데 목 위쪽만이 깨끗하게 날아가고 없었다.

크로츠의 수인에게 어지간한 술법은 통하지 않을 텐데 이런 식으로 해치우다니…. 만약 정말로 제로스가 한 짓이라면….

"그 사람은 어떤 기술을 쓰죠?"

"몰라. 나도 직접 본 적은 없으니까."

아멜리아의 물음에 제르는 고개를 저었다.

내가 목격한 것도 증폭술을 사용한 블레스트 밤과 몰려온 신자들을 강풍으로 날려버린 것 정도였다.

"일단… 안쪽으로 가보자."

나는 사람들을 재촉했다.

이곳은 작은 방처럼 되어 있고 안쪽으로 통하는 문이 하나 있었다.

문을 열어보니 그곳으로 통로가 이어져 있었다. 여기저기에 마법의 등불을 밝혀놓아서 책을 읽을 수 있을 정도로 밝았다.

대충 살펴보니 꽤 큰 지하 시설인 것 같은데….

우리들은 주위를 경계하면서 나아갔다.

제로스… 같은데, 침입자는 꽤 과격한 행동을 하고 있는 듯 보였다. 어딘가 멀리에서 쿵쾅쿵쾅 발소리가 들려왔고 때때로 생각났다는 듯 폭음이 났다.

들여다본 몇 개의 방에는 열기가 서려 있었고 벽과 천장은 검게 타 있었다.

—누군가가 방에 파이어 볼 같은 것을 집어 던진 흔적이 분명했다.

"그 녀석… 대체 무슨 생각이지?!"

제르는 노골적으로 혀를 찼다.

아마 크로츠 일당을 혼란에 빠뜨릴 목적이었겠지만 만약 여기 어딘가의 방에 '사본'이 숨겨져 있었다면 틀림없이 재가 되었을 것이다.

쿠웅!

그리고 다시 들려오는 폭발음.

하지만 이번엔 가까웠다!

"저쪽인가!"

일제히 달려가는 네 사람.

그때 그 앞을 가로지르는 사람 그림자가 하나.

발그몬?!

무심코 발길을 멈추는 네 사람.

발그몬도 한순간 시선을 힐끔 이쪽으로 돌렸지만,

"칫."

혀를 한 번 찼을 뿐 개의치 않고 어딘가로 달려갔다.

우리들을 상대할 틈은 없다는 건가…?

"쫓자!"

말하고 나서 나는 주저 없이 발그몬의 뒤를 쫓았다.

그의 등이 이윽고 하나의 문 안으로 사라졌다.

황급히 달려가보았지만… 열리지 않았다.

"틀렸어. 자물쇠가 잠겨 있군."

말 안 해도 뻔히 아는 사실을 가우리가 말한 순간, 이미 아멜리아는 주문을 외우고 있는 상태였다.

"물러나 있어!"

내가 가우리와 제르 두 사람을 문 앞에서 밀어냄과 동시에….

"담 브라스!"

콰아앙!

아멜리아의 술법이 문의 잠금장치 부분을 박살 냈다.

그곳은… 작은 예배당이었다.

아마 방을 개조한 것이리라. 안쪽에는 작은 제단과 그리 실물과 닮지는 않았지만 루비 아이 샤브라니구두의 석상이 있었다.

그리고 건너편에도 하나의 문.

발그몬은 그 문을 열려고 하던 참이었다.

그렇다면…?

"사본을 그 방에 감췄구나!"

돌아보고 작은 미소를 띠는 발그몬.

그리고 주저 없이 문손잡이를 돌렸다.

열린 문 앞에는 검은 그림자가 우뚝 서 있었다.

"너?!"

하지만 그가 움직이기도 전에….

뽁!

우스꽝스러운 소리를 내면서 발그몬의 머리가 옆으로 날아갔다.

피보라가 마왕의 석상을 붉게 물들였다.

남겨진 몸은 그 자리에 주르륵 무너졌다.

그 앞에 모습을 드러낸 것은… 말할 것도 없이 신관 제로스였다.

대체 어느 틈에 발그몬에게서 **빼앗았는지** 그의 손에는 종잇조각이 한 장 들려 있었다.

"흐음…."

꼼꼼히 그것을 바라본 후 그는 만족스럽게 고개를 끄덕였다.

"틀림없는 '사본'이로군요. 제 양동 작전에 걸려들어 다행입니다."

그렇군….

여기저기 파이어 볼을 날린 것은 당황한 녀석들이 '사본'을 회수하도록 만들기 위해서였어.

하지만 꽤나 위험한 도박을 하는걸? 잘못하면 '사본'도 재가 되었을 텐데.

"넘겨주지 않겠나, 그걸."

조용한 목소리로 말하는 제르에게 제로스는 느릿느릿 고개를 저었다.

"아뇨. 이런 불완전한 걸 다른 사람에게 넘겨줄 순 없지요….

그건 그렇고 리나 씨, 당신은 꽤 불안하신 모양이군요.

제가 이걸 어디에 쓸 생각인지."

나는 고개를 끄덕였다.

아무도 제로스에게 다가가려고 하진 않았다.

눈앞에서 봤음에도 우리들은 그가 대체 어떤 기술로 발그몬을 해치웠는지 알지 못했다.

"가르쳐드리죠. 이렇게 하려고 했습니다."

말하고 나서 손안에서 '사본'을 구겨버렸고,

화륵!

순식간에 그것은 불타올라서 한순간에 재로 변했다.

문득….

나는 어느 사실이 떠올랐다.

딜스 왕국의 '사본'도 누군가에 의해 불타버렸다는 것이….

"너!"

놀라 소리를 지르는 제르가디스.

하지만 제로스는 태연하게,

"분에 넘치는 기술을 가지고 있으면 불행해집니다."

말이 끝나자마자 빙글 몸을 돌리더니 문밖으로 모습을 감추었다.

"저 녀석!"

뒤를 쫓으려던 제르의 발걸음은 한 발짝 만에 멈추었다.

방금 제로스가 사라진 문 안쪽에서 다시 그림자가 나타났기 때문이다.

하지만 이번엔 붉은 그림자가 세 개.

크로츠와 그 측근이던 수인 둘이었다.

그들의 시선은 발치에 널브러져 있는 것에 쏟아졌다.

"바…."

휘청거리더니 크로츠는 무릎을 꿇었다.

"발그몬!"

비록 머리가 날아갔다고는 해도 입고 있는 옷과 체격으로 누구인지 정도는 알 수 있었다.

크로츠는 번쩍 고개를 들었다.

그 눈에는 불타는 증오의 빛.

"너희들이지…? 너희들이 발그몬을…."

"아니야."

나는 고개를 저었다.

"아까 너희들도 봤잖아. 이 방에서 나간 남자, 그 녀석이야."

"그런 뻔한 거짓말을…."

그는 천천히 일어서더니,

"이곳에서는 아무도 나오지 않았다. '사본'은 어떻게 했느냐?!"

나는 어깨를 으쓱해 보였다.

방금 나간 녀석이 불태웠다고 말해도 당연히 믿어주지 않을 것이다.

"좋아…."

그는 묘한 웃음을 짓고 작게 중얼거렸다.

아무래도 맛이 간 것 같다.

"바이레우스! 루디아!"

앞에 서 있는 수인들을 불렀다.

"예!"

합창처럼 대답하며 성큼 한 발 앞으로 나왔다.

—덤빌 생각인가?!

"그로우즈를 깨워라!"

순간….

수인들이 경직했다.

"아! 안 됩니다! 크로츠 님!"

"그건 이미 그로우즈 따위가 아닙니다! 잘못하면…."

갑자기 항의를 하기 시작했다.

뭐야…?

크로츠는 두 사람을 힐끗 쳐다보더니 경멸하는 표정으로,

"그럼 이곳에서 이 녀석들을 막고 있어라! 그로우즈는 내 손으로 깨울 테니까!"

그대로 빙글 돌아서서 왔던 방향으로 모습을 감추었다.

"크로츠 님!"

노골적으로 당황하는 수인 두 사람.

"잠깐, 너희들! 대체 어떻게 된 일이야?"

"닥쳐! 너희들 따위에게….".

무언가 외치려던 한쪽을 다른 한쪽이 손으로 제지하더니,

"너희들이 듀크리스를 해치운 녀석들이냐?"

"그래."

작게 고개를 끄덕이는 가우리.

"그럼 따라와라."

"이… 이봐!"

당황하는 한쪽을 완전히 무시하고,

"어떡할래? 따라올 거야? 말 거야?"

"좋아. 갈게. 이야기는 가는 도중에 듣도록 하고."

나는 태연하게 수인들 쪽으로 다가갔다.

"잠깐! 리나!"

아멜리아가 뒤에서 소리를 질렀지만 무시.

"일단 요점부터 말하면."

수인은 우리들에게 등을 돌리면서,

"너희들이 그로우즈… 아니, 자나파를 해치워주길 바란다."

"대체 뭐가 어떻게 된 거지?"

나는 수인 두 사람과 통로를 지나가면서 물었다.

물론 다른 세 사람도 어쩔 수 없이 나를 따라오고 있었다.

"자나파라는 것은 마력을 봉인하는 갑옷이 아니었어?"

"자세한 것은 나도 몰라."

빠른 걸음으로 걸어가면서 수인이 말했다.

"하지만 그로우즈가 그것을 입고 나서 이상해지기 시작한 것만은 확실해."

―내가 본부에 잠입한 그날 밤의 일인가?

"크로츠 님은 '그 갑옷은 입고 있는 자와 동화해서 성장한다, 그 과정에서 다소 정신이 불안정해질 뿐이다'고 말씀하셨지."

"성장한다고?!"

나는 엉겁결에 되물었다.

"그럼… 자나파란 살아 있는 갑옷이야?!"

"그렇겠지."

선선히 고개를 끄덕이는 수인.

"안정될 때까지 만약을 위해 그로우즈를 재워둔다고 하셨는데… 아마 지금은 벌써 그로우즈가 아니게 되었을 거야.

그전에도 가끔 녀석은 자신이 누구인지 알 수 없게 되는 때가 있는 듯했고 한 번은 갑자기 날뛰기 시작해서 사상자까지 나왔으니까."

"하지만 크로츠 님이 말씀하신 대로 단순히 안정되지 않았을 뿐인지도…."

반론하는 다른 수인을 그는 힐끔 쳐다보더니,

"그럼 묻지. 어제 분명 크로츠 님은 자나파가 완성되었다고 말씀하셨어. 그런데 왜 녀석을 바로 깨우지 않은 거지?"

"그… 그건…."

"또 하나, 자나파가 살아서 성장하고 있는 이상, 당연히 머리에 떠오르는 의문인데… 녀석은 대체 뭘 먹고 성장하는 걸까?"

"아…?!"

나는 무의식중에 잠시 발을 멈추었다.

"그럼 설마… 자나파의 양분은… 장착자의 몸?!"

""뭐!""

가우리를 제외한 전원의 목소리가 일치했다.

"흥분하고 있을 때 미안한데… 난 잘 모르겠어."

느긋한 어조로 묻는 가우리.

미안으로 끝날 문제가 아니야!

"쉽게 말해 '자나파'란 이른바 일종의 기생수인 거야. 처음엔 숙주의 몸을 갑옷의 형태로 지키다가 본인도 느끼지 못할 만큼 조금씩 숙주의 몸을 먹으면서 성장하는 거야. 그리고 숙주의 몸과 의식을 모두 다 먹으면 자나파는 완성되는 거지."

"여전히 잘 모르겠어…."

으아아아아! 이 녀석은!

"'내가 널 지켜줄게'라는 달콤한 말로 여자에게 접근해서, 단물이 다 빠질 때까지 실컷 이용해먹고 버리는 사악한 기둥서방 같은 거라고 생각해!"

"어렴풋이 알 것 같기도…."

좋아.

"어쨌거나 이유는 둘째치고, 쉽게 말해 해치우면 된다는 이야기지?"

그렇게 생각한다면 처음부터 묻지 마!

이런 상황만 아니라면 슬리퍼로 때려주고 싶네. 정말…(물론 아직도 가지고 있다).

"하나 묻고 싶은데…."

문득 떠올리고 나는 수인에게 물었다.

"듀크리스는 그걸 알고 있었어?"

"응."

수인은 무겁게 고개를 끄덕였다.

"알고 있었을 거야. 자나파 2호를 '입는' 것을 자원했다니까.

사실인지 어떤지는 아무도 모르지만…."

"그래…."

그는 작게 중얼거렸다.

"그보다 자나파는 해치워도 좋지만 크로츠 님은 건드리지 말라고."

"꽤나 편할 대로 말하는구나."

나머지 한 수인의 말에 아멜리아가 기분이 상한 듯 대답했다.

"뭐라고!"

"어려운 희망사항인 건 확실해. 우리들이 자나파를 해치우는 것을 크로츠가 그냥 지켜만 보고 있을 거라곤 생각되지 않으니까…."

내가 옆에서 끼어들었다.

그때.

우웅….

희미하게 대지가 흔들렸다.

수인들이 발길을 멈추었다.

"한 발 늦었군."

수인은 절망적인 어조로 중얼거렸다.

처음엔 조용한 것이었다.

수인들의 말에 따라 지상으로 탈출하긴 했지만….

"아무 일도 일어나지 않는데…?"

아멜리아가 따분한 듯 중얼거린 것은 얼마 후의 일이었다.

확실히 그때 수인들의 말대로 자나파가 각성했다면 슬슬 무언가 변화가 일어나도 좋을 시간이었다.

"알고 보니 자는 동안 썩어버렸다든지…."

말도 안 되는 의견을 내놓은 것은 역시나 가우리.

물론 아무도 상대해주질 않았다.

"너! 설마?!"

말하고 나서 수인들 쪽에 칼을 들이대는 제르가디스.

"너희들… 크로츠가 도망칠 시간을 벌기 위해 그런 헛소리를 한 건 아니겠지?!"

하지만 수인은 물끄러미 아지트의 입구를 바라보며 말했다.

"그랬으면 좋겠군…. 잘 들어. 듀크리스를 쓰러뜨렸다고 해도 움직이기 시작한 녀석을 얕보지 않는 게 좋을 거다."

"강해?"

"강하기보단 무슨 짓을 해도 소용이 없지."

수인이 말한 그 순간.

샤악!

한 줄기 빛이 시야를 갈랐다.

레이저 브레스!

그렇다. 그것은 분명 그날 밤, 놈들의 본부에서 도망치던 나와 제르, 아멜리아를 향해 발사된 것과 같은… 아니, 그것보다 훨씬 강력한 것이었다.

땅속에서 생겨난 빛은 땅을 가르고 호수를 찢었다.

대량의 물이 순식간에 김으로 변하면서 즉석에서 안개를 주위에 만들어냈다.

쿠궁.

무거운 소리가 울려 퍼졌다.

아지트가 있던 부근의 땅이 둥글게 뚫려 어둠침침한 구멍이 보였다.

이윽고 짐승의 포효가 호수의 공기를 진동시켰다.

"나온다."

누군가 중얼거렸다.

어쩌면 그것은 내가 중얼거린 말일지도 몰랐다.

처음엔… 발톱.

손질이 잘된 검과 같은 은색이었다.

그리고⋯ 그것은 단숨에 구멍 안에서 뛰쳐나왔다.

백은색의 마수⋯ 자나파.

마수는 잠시 조용히 주위를 둘러보았다.

하지만⋯.

정말 많이도 '성장'했다.

크기는 용 정도였다.

전체적인 형상은 네발동물과 비슷했지만 여러 가지 것들이 섞여 있는지 어떤 동물과도 동떨어진 인상이었다. 그래도 굳이 예를 들자면⋯,

그래.

갈기를 가진 강철 늑대.

다만 몸의 이곳저곳에는 은색 채찍이 돋아나 있었다.

아마도 촉수겠지.

"크로츠 님은⋯."

수인 하나가 작게 소리를 질렀다.

"크로츠 님은?! 무사하신 건가?!"

물론 아무도 대답할 수 있을 리 없었다.

하지만 그 순간.

마수가 이쪽으로 고개를 돌렸다.

샤악!

다짜고짜 레이저 브레스!

""우와아앗!""

당황해서 일동이 피한 자리에 대지를 가르는 빛이 지나갔다.

마수는 똑바로 이쪽을 향해 돌진해왔다.

계속해서 다시 레이저 브레스. 하지만….

찌잉!

필살의 일격이 튕겨나가자 자나파는 그 자리에 멈춰 섰다.

마수는 방금 알았을 것이다.

눈앞에 자신을 멸할 수 있는 힘을 가진 자가 있다는 것을.

빛의 검으로 자세를 취한 채 조용히 막아선 가우리를 노려보면서 자나파는 경계하는 신음 소리를 낮게 냈다.

그때.

마수를 향해 오른쪽에서 무언가가 움직였다.

어느 틈에 돌아간 것인지 수인 중 한 명이 살금살금 옆쪽에서 마수에게 접근했다.

—그만둬!

어떻게든 말리고 싶었지만 말을 걸면 오히려 자나파에게 들키는 꼴이었다.

수인이 검을 내리쳤다.

카앙!

하지만 검은 쇳덩이라도 두드린 듯 딱딱한 소리와 함께 튕겨나갈 뿐이었다.

마수가 희미하게 웃음을 지은 것처럼 보였다.

"칫!"

당황해서 뒤로 물러서는 수인.

하지만….

푸욱!

어느 틈엔가 사각에서 다가온 자나파의 촉수가 수인의 몸을 그대로 꿰뚫었다.

수인은 여러 번 희미하게 경련하더니 들고 있던 검을 쨍강 떨어뜨렸다.

그 순간에도 자나파는 가우리에게서 전혀 시선을 떼지 않았다.

촉수를 한 번 휘둘러 수인의 시체를 귀찮다는 듯 내팽개치고 가우리와의 간격을 한 발짝 느긋하게 좁혔다.

그에 호응하듯 가우리는 마수를 향해 달렸다.

"섣불리 다가가지 마!"

살아남은 다른 수인이 외쳤지만 그의 귀에는 들리지 않았다.

다시 마수가 발사한 레이저 브레스를 빛의 검으로 튕겨내면서 단숨에 자나파와 거리를 좁혔다.

"하앗!"

앞발을 베어내려던 일격은 허무하게 허공을 갈랐다.

자나파는 높이 위쪽으로 도약해 있었다.

가우리를 깔아뭉개려는 듯 강하하면서 그를 향해 간헐적으로 레이저 브레스를 토해냈다.

레이저 브레스를 튕겨내는 것만으로도 벅찼기에 가우리는 그 자리에서 움직일 수 없었다.

이대로 가면 깔리고 만다!

"파이어 볼!"

콰광!

아멜리아가 쏜 술법의 폭발이 마수가 떨어지는 궤도를 바꾸었다.

쿠웅.

무거운 소리를 내면서도 마수는 깔끔하게 착지했다.

역시 파이어 볼에 의한 대미지는 없는 듯했다.

착지하는 순간, 가우리에게 견제용 레이저 브레스를 쏘는 것도 잊지 않았다.

하지만 그 순간.

"블래스트 밤!"

나는 술법을 해방했다.

콰과광!

과거에 마법 도시 사일라그에도 이것을 쓸 수 있었던 마법사는 없었을 터. 이것이 만들어내는 열량이 자나파의 피부에 서린 방어력을 웃돈다면 어쩌면….

하지만.

이윽고 걷혀가는 폭염 속에서 모습을 드러낸 것은 전과 다름없는 마수의 모습이었다.

거울 같은 은색 피부에는 흠집 하나 없었다.

엄청난 장갑이다….

불꽃은 물론이고, 시험해보진 않았지만 냉기도 소용없을 것 같았다.

저 피부가 난관이었다.

녀석에게 레이저 브레스만 없다면 입속에 파이어 볼이라도 하나 넣어주고 싶은데….

마수는 이쪽을 돌아보려고도 하지 않았다.

"칫!"

가우리는 옆으로 돌아갔다.

하지만 자나파도 몸을 돌려 계속해서 가우리와 정면으로 마주했다.

"칫…."

내 옆에서 제르가 작게 혀를 찼다.

"저 녀석…, 우리 따윈 안중에도 없는 모양이군."

"알고 있는 거예요."

아멜리아가 중얼거렸다.

"자신을 이길 수 있는 것은 저 검뿐이라는 사실을…."

"아니…."

나는 작게 중얼거리고 고개를 저었다.

"무슨 소리지?! 그건."

제르가 물었지만 나는 대답하지 않았다.

내가 탤리스먼의 도움을 빌려 쓸 수 있게 된 주문 중 이런 것이 있다.

어둠을 소환해서 칼날로 만드는 기술.

며칠 전에 시험해봤는데 그 파괴력은 그야말로 절대적이었다. 겨뤄본 적은 없지만 빛의 검과 충분히 자웅을 겨룰 수 있을 만큼.

하지만.

길이는 고작해야 쇼트 소드급. 그리고 이 술법을 쓰고 있는 동안 계속해서 마력을 잠식하는 듯 내 마력을 가지고도 지속 시간은 상당히 짧았다.

물론 나 자신의 소모도 적지는 않다. 이것을 발동시킨 상태에서 휘두르면 50번도 휘두르지 못하고 탈진해버릴 것이다.

참고로… 사실 이건 금지된 주법이었다.

그렇다…. 나의 필살기인 기가 슬레이브와 같은 원천을 가지고 있는….

로드 오브 나이트메어의 힘을 빌린 또 하나의 술법.

뭐…, 기가 슬레이브에 비하면 꽤 제어하기 쉽고 폭주하는 일도 (아마) 없겠지만….

하지만 무엇보다도 문제인 것은 이걸로 마수를 쓰러뜨릴 수 있을까 하는 것.

가우리조차 제대로 공격하지 못하는 상대인데 내가 쇼트 소드 크기의 것을 휘둘러서 맞힐 수 있을지가 의문.

물론 허를 찌르면 상처 정도는 입힐 수 있겠지만….

하지만—

과연 일격으로 해치울 수 있을지.

한 번 정도 기습으로 맞힐 수는 있겠지만 그 뒤에 마수가 두 번째 공격을 허용할 리가 없었다.

어찌 됐든 상대는 거대하므로 한 방에 치명상이 될 만한 상처를 입히는 것은 불가능해 보였다.

가우리도 일단 다리 하나를 잘라내어 움직임을 봉쇄하려고 생각하는 모양인데….

"에잇!"

드물게 참지 못하고 가우리가 먼저 돌진했다.

자나파는 이번엔 여러 개의 촉수를 뻗어서 그를 맞이했다.

"성가시게시리!"

외치며 가우리가 촉수를 베어내려던 그 순간….

촉수 끝에 빛이 생겨났다!

레이저 브레스?!

"아니?!"

이건 도저히 피할 수 있는 공격이 아니었다. 몇 개는 피하고 빛의 검으로 튕겨내긴 했지만 그중 한 줄기가 그의 허벅지 부근을 꿰뚫었다!

"우악!"

황급히 물러나긴 했지만 대미지는 상당히 큰 듯 그 자리에 털썩 무릎을 꿇었다.

—그렇구나!

잊고 있었다! 전에 내 눈앞에서 듀크리스의 자나파가 손바닥에서 빛을 만들어낸 것을!

그것은 레이저 브레스의 응용이었던 것이다.

그렇다면 이 녀석이 촉수 끝에서 레이저 브레스를 쏜다 해도 이상한 일은 아니다.

—크크크….

자나파는 웅웅거리는 듯한 낮은 소리로 웃었다.

"나를 짐승 따위로 여기고서 얕보고 있었구나. 빛의 검의 전사여…."

"아니?!"

나는 할 말을 잃었다.

"너! 사람 말을 할 수 있는 거냐?!"

살아남은 또 한쪽의 수인이 소리를 질렀다.

"나의 모체가 된 그로우즈…. 그 지식과 경험은 내가 먹었다. 그러니 내가 사람의 말을 할 수 있다 해도 신기한 일은 아니지.

물론 짐승처럼 행동해서 방심시키는 편이 싸우기 편하니까 지금까지 말을 하지 않고 있었지만."

마수는 무릎을 꿇고 있는 가우리에게서 시선을 떼지 않은 채 말했다.

"자…, 그 검을 놓고 가도록 해라. 그렇게 하면 너희들의 목숨은 살려주겠다.

너희들을 먹어봤자 나에겐 전혀 무의미하니까. 마력을 방어하는 능력의 대가로 마력을 행사하는 힘도 잃어버렸으니까."

그렇군…. 아스트랄이 봉인되어 있으니 술법이 통하지 않는 대신, 그쪽에 간섭해서 술법을 쓰는 것도 불가능한 거야.

─하지만 이 녀석이 어떻게 그런 것을 알고 있을까? 그로우즈라는 녀석이 그만큼 박식했나?

─설마?!

"너… 대체 뭘 생각하고 있지? 모든 것을 파괴할 생각이냐?!"

제르가디스의 물음에 마수는 눈썹 하나 까딱하지 않고.

"아니…. 그저 살아서 동료를 늘리고 싶을 뿐이다. 그러려면 이 육체를 상처 입힐 수 있는 그 검이 방해가 되지."

"동료를 늘린다고? 너 혼자서 어떻게?"

이번엔 내가 물었다.

"내가 힘을 보여주면 나를 따르는 사람들도 나올 것이다. 마왕을 숭배하는 인간도 있을 정도이니 말이야.

그런 녀석들에게 명령해서 '자나파'를 만들게 하는 건 어려운 일도 아니다. 제조법은 내가 알고 있으니까."

"뭐… 라고…?"

수인이 신음 소리를 냈다.

"서… 설마 너! 크로츠 님을?!"

"당연한 소릴."

마수는 말하고 씨익 웃었다.

"내가 먹었다."

—역시.

"너 이놈!"

분노한 수인이 검 한 자루로 마수에게 덤벼들었다.

"무모해! 돌아와!"

소리를 질렀지만 이미 늦었다.

사악!

촉수 하나가 빛을 뿜었고….

수인의 몸은 둘로 동강이 나 땅에 굴렀다.

"말해두지만… 거역하는 자를 죽이는 데에 주저할 생각은 없다."

—이 녀석….

"어떡할 테냐? 검을 놓고 살아서 이곳을 떠나겠느냐. 아니면 모두 죽을 테냐?"

—좋아. 알았어.

사실 그리 쓰고 싶지 않았지만 이렇게 된 이상 어쩔 수 없었다.

"아멜리아, 제르, 잠깐 귀 좀 빌려줘."

"호오…. 도망치려고?"

자나파는 나를 안은 채 레비테이션으로 공중에 뜬 아멜리아를 시야 한구석에 포착하고 말했다.

"뭐, 좋아. 어쨌거나 그 검 말인데…."

"가우리! 패스해!"

마수의 말을 가로막고 제르가 외쳤다.

순간적으로 그 말을 이해하고 가우리는 제르를 향해 빛의 칼날을 거둔 빛의 검을 집어 던졌다!

"아니?!"

당황하는 자나파. 아무튼 그가 겁내고 있는 것은 가우리가 아니라 빛의 검인 것이다.

"도망쳐!"

제르의 말에 가우리는 다리를 절룩거리면서도 그 자리에서 피했다.

"헛된 저항을! 인간 따위가!"

한 번 포효하더니 제르가디스를 향해 레이저 브레스를 쏘았다.

겨우 피하고 튕겨내는 제르.

그 틈에 나와 아멜리아는 자나파의 바로 위에 와 있었다.

이미 나는 증폭의 주문을 끝마친 상태였다.

―자, 슬슬 시작해볼까!

제르가디스는 마수의 레이저 브레스를 모두 피하고 땅에 오른손을 갖다댔다.

"다크 하우트[地擊衝雷]!"

대지가 크게 요동쳤다.

"어리석은! 그걸로 대체⋯."

자나파가 말을 끝마치기도 전에 발밑의 땅이 무너졌다!

"아니?!"

콰과광!

엄청난 소리와 함께 흙먼지가 일었다.

제르의 술법으로 마수의 발밑⋯, 일찍이 크로츠의 아지트였던 장소가 붕괴한 것이다.

물론 마수의 몸에는 흠집 하나 없었다. 땅에 뻥 뚫린 구멍 밑에 다리가 벽돌로 묻혔지만 그래도 마수는 구멍 가장자리에 서 있는 제르를 향해 레이저 브레스를 날렸다.

　—청공의 징계에서 해방된
　얼어붙은 허무의 칼날이여
　내 힘 내 몸이 되어
　함께 멸망의 길을 걸을지니
　신들의 혼조차도 깨뜨리는

"라그나 블레이드[神滅斬]!"

겹쳐진 손안에 칠흑 같은 어둠의 칼날이 만들어졌다.

급격한 탈진감이 온몸을 엄습했다. 역시 오래 버틸 수 있을 것

같지는 않았다.

한 번 고개를 끄덕이자 아멜리아는 나를 잡고 있던 손을 놓았다.

레비테이션의 간섭에서 벗어난 나는 거꾸로 낙하했다!

마수 자나파의 등을 향해!

쿠웅!

"크아아아아아아아아악!"

마수의 절규가 공기를 뒤흔들었다.

내가 만들어낸 어둠의 칼날은 가볍게 마수의 피부를 가르고 자나파의 몸 깊은 곳으로 파고들었다.

나의 양손은 거의 팔꿈치 부분까지 마수의 상처 안으로 파고들어갔다.

그래도 마수는 아직 죽지 않았다. 대체 무슨 일이 일어났는지 이해하지 못한 채 한 번 몸을 틀고 나서 비로소 등에 있는 나를 눈치챘다.

"너… 너… 무슨 짓을 한 거냐?!"

하지만 이때 이미 나는 라그나 블레이드를 해제하고 다음 주문을 외우기 시작하고 있었다.

이번만은 시간이 승부! 증폭시키고 있을 여유는 없었다!

"마법사 따위가! 감히 나를!"

촉수가 내 쪽을 향했다.

하지만 늦었다!

나를 마법사 따위로 얕봤겠다! 마수 자나파!

"파이어 볼!"

화아악!

그 순간.

자나파의 체내에서 화염이 일었다.

"흠⋯."

나는 양손을 눈앞에 모으고 쥐었다 폈다를 해보았다.

―역시 아멜리아의 '리서렉션[復活]'은 잘 듣는다니깐.

그녀는 지금 가우리의 발에 난 상처에 '리커버리[治癒]'를 걸고 있었다.

"그런데 리나⋯."

양발을 땅에 쭉 뻗은 채 가우리가 물었다.

"대체 어떻게 녀석을 해치운 거야? 난 잘 모르겠는데⋯."

"아, 그거 말야?

단순해. 놈의 피부를 뚫을 수 있는 술법을 가지고 있었기에 그걸로 그 녀석 몸에 구멍을 뚫었어. 거기에 양손을 처박고 파이어볼을 발동시켰지.

그래서⋯ 녀석의 몸 안을 태워버린 거야."

"흐음⋯."

가우리는 무덤덤하게 맞장구를 치더니,

"잠깐. 그거 혹시 꽤 거친 방법 아니야?"

"거칠지요."

대답한 것은 그의 치료를 대충 마친 아멜리아.

"실제로 리나의 양손도….."

"으아아아아! 말하지 마! 떠올리고 싶지 않아!"

나는 황급히 그녀를 말렸다.

자나파의 근육과 내장이 다소 완충재가 되었다고 해도 양손에 파이어 볼이 작렬한 셈이었다. 어떻게 되었는지는 말할 것도 없었다.

그래서 그리 내키지 않았던 것이다…. 이 방법이….

참고로 양손에 차고 있던 탤리스먼엔 흠집 하나 나지 않았다.

마수는 등에 검은 구멍이 뚫려 완전히 숨이 끊긴 채 구멍 밑에서 발견되었다.

"하지만 결국 '사본'은 손에 넣지 못했구나….."

혼자 떨어진 곳에 서 있는 제르에게 말을 걸었다.

실의에 빠져 있진 않을까…?

"아니, 상관없어."

하지만 나의 예상과는 반대로 그는 쾌활한 어조로 대답했다.

"무리하는 거 아냐?"

"아니. 생각해봐. '사본'이 실재한다는 말은 원본이 있다는 뜻이야."

—아!

"나는 그걸 찾아내겠어. 반드시."

"하지만 이걸로 겨우 이번 사건은 해결되었군요."

안도하는 어조로 말하는 아멜리아.

"해결되긴 했지. 이야기는 복잡해졌지만…."

내 말에 잠시 침묵하는 일동.

제로스, 그리고 클리어 바이블.

…사건이 해결되었는데 이야기가 더 복잡해지면 어떡해!

에잇! 하지만 고민하고 있어봤자 소용없지! 어디서든 덤벼라!
나, 리나 인버스가 누구의 도전이라도 받아주겠다!

굳은 결의를 가슴에 안고 나는 먼 곳을 바라보며 중지를 하나
세워 보았다.

— 6권에 계속 —

작가 후기

작가 + L

작 : 이리하여 제5권!

L : 이제 장편의 3분의 1까지 진행됐습니다!

작 : 자, 이번 권에서 인기 캐릭터 하나가 등장합니다만.

L : 아, 제로스.

작 : 그렇지!

　　장편 연재 중의 인기투표에서는 주인공 리나를 누르고 1위를
　　차지했고, 만화판의 담당편집자의 입에서 "제로스 님"이라는
　　말이 튀어나오게 만든, 바로 그 제로스!

L : 팬이었구나, 그 담당자.

　　하긴 여성들한테 인기가 높은 모양이더라.

　　작가는 이럴 거라고 다 계산한 걸까?

작 : 어느 정도 인기야 얻을 거라 짐작하긴 했지만 설마 이정도일
　　줄은 상상도 못 했지.

　　그런 의미에서는 완전히 계산 밖이었지.

L : 하긴 모든 게 작가의 계산대로 됐다면 인기투표 결과는 1위에
　　서 10위까지 전부 내가 독점했겠지.

작 : 그런 계산, 안 했다!

아니, 혼자 독점이라니 어떻게?!

L : 'L님', 'L', '후기의 미녀', '에르링' 등등의 호칭으로!

이거라면!

작 : …에르링이라니… 단 한 번도 그렇게 불려본 적이 없을 텐데
…?

그래봤자 다른 캐릭터도 표를 받을 테고.

L : 음…

그럼 단순한 인기투표 말고 조건을 붙이면!

내 탑텐 독점도 꿈이 아냐!

작 : 조건을 붙인다니…?

L : 그러니까 예를 들면.

'후기에서 작가에게 폭력을 휘두를 법한 인물 베스트 텐'이라
거나!

작 : 선택의 여지가 없잖아!

작가 자신이야 논외로 치고, 남은 사람이라곤 기껏 해야 요즘
등장할 기회가 아예 없는 부하S 정도밖에 없는데!

L : 아, 그럼 '응모요강·부하S는 투표대상에 포함되지 않음'이
란 말을 추가하면 확실하겠네!

작 : 확실하긴 하지!

그렇지만 독자가 참가할 의미도 없는데다 '에르링', '에르릉'
이라는 이름으로 탑텐을 다 차지하는 게 기쁘겠어?!

L : …얼레…?

그 소릴 들으니… 그다지 기쁘질 않은 것 같은…

그래도 이 기회에 뭐든 독자 투표 비슷한 걸 해보고 싶은데, 축제 기분으로.

작 : 핫핫핫, 그야 해보고 싶긴 하다만.

전에 작가가 독단으로 인기투표를 벌였을 때에는 작가네 집 방 하나가 엽서로 꽉 차서 지옥을 경험한 적이 있거든.

L : 그렇다면 ♪ 한 번 더 지옥 ♪

작 : 시원시원하게 일 벌리지 마!

축제 벌이다 죽고 싶진 않아아아아!

…뭐든 독자 투표를 할 거면 아예 편집부까지 끌어들여서 직접 집계하는 일은 없었으면 좋겠다.

L : 어디서 그런 노골적인 발언을…

작 : 자랑은 아니지만 나는 노골적으로 말하는 게 좋아!

예전 어떤 인터뷰에서 "어떻게 해야 그런 아이디어가 떠오를 까요?"라는 질문을 받고 "핫핫핫, 좋은 아이디어가 떠오르는 확실한 방법이 있다면 마감으로 고생하는 소설가와 아직 데뷔하지 못한 소설가 지망생이 세상에 남아있겠어요?"라고 대답한 적이 있었지. 기사에서는 싹둑 잘려나갔지만!

L : …그렇게 노골적이고 꿈도 없는 소릴 하면 당연히 잘려나가지….

작 : 그래도! 때로는 그렇게 노골적으로 현실을 직시하고 나서야

다음 스텝으로 넘어가는 경우도 있는 법이라고.

재수없는 소리로 들리는 '어른이 되어라'라는 말은 '꿈을 버려라'라는 뜻이 아니라, '같은 길을 가건, 다른 길을 가건 현실을 직시하는 게 베스트, 아니면 차선을 모색해 보라는 의미라고 봐.

L : 이제 와서 아무리 멋진 말을 늘어놓은들 투표 집계하기 귀찮다고 남한테 떠넘기려 했다는 사실은 달라지지 않아.

작 : 윽…!

그, 그럼 독자 투표 이벤트가 열리면 부디 참가해주시길.

L : 그래! 베스트 후기 인기투표를 하면 되겠다!

…아, 그렇지만 신장판 6권 후기는 부하S한테 단독으로 맡기기로 했는데. 거기에 표가 몰리는 건 싫고….

작 : 무리하게 일을 벌일 것 없어.

L : 그래도 나중을 위해 뭔가 생각은 해두자고.

그럼 여러분, 신장판 7권 후기에서 다시 만나요~.

후기 : 끝

※ 이 책은 이전에 발행되었던 「슬레이어즈5 백은의 마수」를
가필수정한 것입니다.

슬레이어즈 5
백은의 마수

1판 1쇄 인쇄	2020년 6월 8일
1판 1쇄 발행	2020년 6월 15일

지은이	Hajime Kanzaka
일러스트	Rui Araizumi
옮긴이	김영종

발행인	정욱
편집인	황민호
본부장	박정훈
마케팅	조안나 이유진 이수정
국제판권	이주은 김준혜

제작	심상운 최택순 성시원
발행처	대원씨아이㈜
주소	서울특별시 용산구 한강대로15길 9-12
전화	(02)2071-2018
팩스	(02)749-2105
등록	제3-563호
등록일자	1992년 5월 11일
ISBN	979-11-362-3192-5 04830

SLAYERS Vol.5: SHIROGANE NO MAJU
ⒸHajime Kanzaka, Rui Araizumi 2008
First published in Japan in 2008 by KADOKAWA CORPORATION, Tokyo.
Korean translation rights arranged with KADOKAWA CORPORATION, Tokyo.

누계 2천만 부,
역대 최고의 라이트노벨
전설이 된 그들이 돌아왔다

리나와 가우리 일행 앞에 이전에 쓰러뜨렸던 암살자 즈마가 나타난다.
베젠디로 오지 않는다면 누군가를 죽이겠다고 협박하는 즈마. 리나 일행은 일단 베젠디로 향한다.
조사해본 결과 표적이 러독이라는 자산가라는 걸 알게 된 일행은 러독의 경호까지 받아들이게 된다.
그런데 그를 공격해 온 것은 즈마가 아니라 마족.
그리고 결코 부활해선 안 될, 또 하나의 상대가 기다리고 있었다!!

HAJIME KANZAKA **칸자카 하지메** 일러스트 | 아라이즈미 루이 번역 | 김영종

슬레이어즈 6
베젠디의 어둠